生きて還る

医の小説集

中原 泉
Nakabara Izumi

テーミス

生きて還る

医の小説集

医の小説集◆生きて還る

装丁デザイン――下川雅敏

胸部外科病棟の夏

私の次男、髙（こう）の誕生日は、昭和五二年七月二日である。死児の歳を数えるというが、生きていれば今年二八になる。

彼が生まれたその日の夜、私は、仕事で東京の吉祥寺の生家にいた。

妻優子（ひろこ）の長岡の実家に電話し、産気づいて、午後六時に長岡赤十字病院に入院したことを確認する。落着かない気分で、母ひさえに散髪してもらう。

午後八時、妻の母小池光子から受話器越しに、第一声、「男の子ですよ」と弾んだ声を聞いた。三五三〇グラム、母子ともに健康という。優ちゃん偉かったと、母、父實、妹のリザ子、レチ子が歓声をあげた。私はテレくさくて鼻をすすった。

三六歳にして、二人目の男児であった。

中原ベイビー

翌三日、空路で新潟へ戻る。

四日の朝、優子より深刻な声で、坊やの呼吸が浅く、保育器に入っている、と言う。一瞬、嫌な予感が走った。

午後六時、酸素欠乏のため、酸素吸入の承諾書にサインを求められた、と優子。電話口で囁くように、大丈夫ね？　と繰り返した。保育器に入っている赤ン坊の姿が浮かび、未熟児なのかな、と自問していた。胸騒ぎはなかった、というより、まだ事態が呑み込めていなかったのだ。

医学部もでた兄の爽(そう)が、大量羊水吸引症か中隔弁が締まらぬのか、あまり心配ないよ、と慰めた。

夜、日記に「坊やがんばれ」と記した。

五日、容態が気がかりで、午前八時前から電話の前で待つ。一二時前、昨夜から酸素を入れるが、原因は分からない、と受話器から優子の沈んだ遠い声…。

その頃、三〇歳の優子は、身を切られる辛さを耐えていた。

出産後、丸一日近く乳児の情報がなかった。看護婦に尋ねると、チアノーゼが出たので保育器に入れてある、という生返事である。あふれでる母乳を哺乳瓶に入れて、渡した。あとで看護婦に聞くと、ウン、飲んでるよ、と素気ない声音だった。

カーテン一枚で仕切った大部屋を、医師たちは母親に抱かれた新生児と母親を順々に回診した。優子のベッドにくると、新生児がいないのでサッサと迂回して、母親には見向きもせずに隣のベッドに移った。担当医からも、何の報告も説明もない。回診時は、我が子の様子を尋ねられる雰囲気ではなかった。何がどうなっているのか、分からない。

優子は、シーツの裾を握りしめて身を震わせていた。

同じ五日、私は仕事を済ませて、車で長岡の妻の実家へ行った。預けていた長男貴(たか)を、一〇日ぶりに抱きあげた。三歳が、一まわり大きく重くなっていた。

市内の日赤病院は、中越の古びた大きな基幹病院である。一一病棟にある産科は、寝床のように長い大病室であった。カーテン一枚の仕切りの内と外に、母親と新生児があふれていた。私は、強制収容所さながらの光景に息を呑んだ。その一隅で、優子は囚人服のような着衣で伏せっていた。

私は、担当医に容態を尋ねた。呼吸が浅いが、酸素吸入で良くなっている、と言う。私は、まだ異変を受容できずに、心配しすぎか、と自らを安堵させた。

夕方出なおして、優子、光子、貴と、新生児室のガラス窓越しに次男を見た。保育器が窮屈に見えるほど大きな子で、目鼻立ちの大きいのが目立った。マジックでナカハラと書かれた足裏を、元気そうに突っ張らせていた。貴を抱きあげて保育器を指した。初めて会う弟だよ。

新生児担当医に呼ばれた。棚から取りだした診療録の入った大きな封筒に、赤マジックで「中原べイビー」と走り書きされていた。そのとき私は、まだ彼の名前を付けていなかったことに気がついた。

まだチアノーゼがあり、呼吸が少し速いが、心電図は異常ない、と説明を受けた。心電図に異常がないのなら……と私は期待を寄せた。

病室に戻ると、貴が、母のベッドの脇で旨そうに西瓜を頬ばっていた。

小千谷そばを食って、新潟に帰宅した。

気を張って、医歯薬出版から出す専門書の原稿の続きを執筆した。

翌六日、優子から電話はなく、何事もなしと安んじる。夕方、小池光子に電話すると、坊やは酸素が取れてだいぶ良くなった、と明るい声だ。

七日、優子は担当医から退院の許可をうけた。その夜、私は出生届に、「髙」と記載した。

明けて八日、優子は我が子を残して、心を残して退院した。その翌日から、新生児室へ母乳を届ける日がつづく。

九日に小児科医の診察をうけ、小児科に移すことになるが、理由なくモタつき、一三日になった。明日、詳しい説明をすると、小児科医より告げられる。重苦しい、苛立ちの時間を余儀なくされる。

一四日朝、妻の父小池誠治より、坊やは生まれた時より悪化している、チアノーゼが取れず呼吸が苦しくて、検査ができず原因がつかめない、と電話があった。全力でやっているが、万一の場合を覚悟しておいてほしい、と担当医の通告を伝え、誠治は、あんなに大きな子なのに勿体ない、と涙声になった。暗然となる。

午後、新潟駅に向かう途中、東京から衛生学助教授の末髙武彦が着任することを知る。昨夏、急逝した教授の後任である。長岡行きを一便遅らせて、改札口で出迎える。

末髙夫妻の両手に、愛くるしい姉妹がまつわりついていた。

夕方、誠治と共に担当医に会う。心肥大、呼吸数一二〇、酸素欠乏の状態で、ポピュラーな心臓病ではない、と遠まわしながら最終通告をしたあと、検査は心臓カテーテルが残っているが、ここではできない、もうしばらく検討したい、と口ごもる。

次に会った小児科部長に、予後は悪いですよ、とアッサリ引導を渡された。

そのあと、小児科病室の髙をガラス越しにのぞいた。狭くなった保育器の内側に、頭と両足をつけた髙の胸が、ふいごのように大きく波打っていた。素人の私にも、ただならぬ病状であることが分かった。私は、ここの医師たちにはお手上げなのだ、と覚った。そのとき、初めて覚悟した。私は動揺を抑え、やれるだけのことはやろう、と腹に決めた。

病院をでると、土砂降りの雨だった。

私は、長岡の実家から、新潟歯学部口腔外科教授の加藤譲治に電話した。手短に状況を説明し、新潟大学附属病院に転院させたい、と手配を依頼した。

夜、貴と風呂に入り、嫌がる彼の頭をシャンプーで泡だらけにした。そのときは未だ、私には余裕があったのだ。

一六日、長岡からの途中、加藤と落ちあい、新潟大学医学部に直行した。実は、私たちは、外科学第一講座の武藤輝一教授と、新潟歯学部内に附属医科病院を建設する計画をすすめていた。その話し合いに行ったのだが、転院の手配は加藤が万端済ませていた。

翌一七日の朝、優子より、担当医から二、三日中に新潟大学へ転院するという話があった、と連絡が入った。事のテンポは速かった。

その夕刻、私は上京して帝国ホテルに駆けつけた。上越新幹線は建設中で、上越線「とき」は四時間余かかった。末妹のレチ子の結婚披露宴があったのだ。にぎやかな宴の中で、私は気もそぞろだった。転院の話をすると爽は、手術可能と不可能がある、前者なら助かる見込みはある、と私に教えた。私は、手術可能を祈るのみだった。

夜、優子より明後日に転院が決まった、と電話が入った。

一八日昼、「とき」で長岡下車。優子より、明日午前中に救急車で、外科学第二講座の胸部外科に入院する、と知らされた。まだ心臓外科は、独立していなかった。一瞬、私の胸に不安がよぎった。

日赤に出発時間を確認し、加藤に報告し、次の手配を頼む。のちに、長岡日赤からの転院はきわめて稀なことだ、と聞かされた。終末病院として患児を見限り、そのまま放置していたのか。私は、日赤から退院できたことが幸運とは情けない、と思った。この日赤でないか。

先天性の病因も分からぬままに、一六日間の貴重な時間を徒らに費やしてしまったのではないか。

先天性心奇型

入院初日。

翌一九日午前九時、優子より、看護婦と誠治が同乗して、救急車が出発したと連絡が入る。一一時前、誠治より胸部外科の三五七号室へ入院したと電話がある。

仕事途中で、三階の病棟へ駆けつける。担当の看護婦が私を見るなり、「××製のミルクを買ってきてください！」と金切声をあげた。彼女は、親の来るのが遅いと腹を立てていたらしい。××製というのが分からずに、オロオロしていると、妊婦の一人が、一階の売店にいけば分かりますよ、と耳打ちしてくれた。

私は古い階段を駆け下りながら、突如、自分が非日常的な事態に投げ込まれたことを実感した。指定されたミルク缶と哺乳瓶を買うと、夢中で階段を駆け戻った。これ以上、あのナースのご機嫌を損ねてはいけない、という一心だった。私は瞬時にして、従順な付添いを強いられ、それに逆らえなかった。

昼すぎ、加藤と武藤教授室を再訪し、二年後に五〇床を有する内外科病院を開設するプランを説明し、全面的な協力を要請した。

そのあと、胸部外科の江口昭一教授に口添えを依頼する。武藤教授はすぐに事態を察し、名前を教えてください、と私のまえにメモ用紙を差しだした。私は、出生届を出したあと、初めて髙の名前を書いた。

優子より、江口教授の自宅は二軒隣で、ご近所の仲という電話が入った。私は、狭い土地柄を有りがたいと思った。

午後六時すぎ、加藤の案内で江口教授室を訪れる。江口教授は、パイプをくわえ足を組みながら、弱ったなあ、という表情をみせた。明日から学会出張とのことで、私たちは懇望して早々に辞した。

明日の午後、心臓カテーテルの検査が組まれた。加藤は医局員を総動員して、輸血用のB型の確保を手配した。

夜半、江口教授より電話が鳴る。双肺静脈還流症の模様、きわめて危険、心カテで死亡する恐れもあるので、緊急手術もありうる。朝九時に心カテ検査を繰りあげ、出張は取りやめて夕方より手術を行う、と。感謝の言葉が見つからなかった。そこまで病状が切迫していたことに、愕然とした。長岡日赤での一六日間……。

入院二日目。

眠りは浅かった。翌朝八時半、主治医の大谷信一助手から病因の説明をうける。大血管転移症か双肺だが、双肺の可能性が強い、リスクはきわめて高い。

口は重いが、三〇代前半、見るからに頭脳明晰な医師だった。患者を信頼させる術を心得ていた。

担当医の小池輝明医員、吉井新平医員を紹介された。小池医員は額は広いが三〇代前半、一目、頼りになる沈着な医師だ。吉井医員は、研修医のように若い潑溂とした医師であった。私はじきに、このトリオに巡り合わせた幸運を感謝することになる。

予定どおり午前九時、心カテ検査。病室の廊下で待つが、検査中のトラブルがないことに安堵する。一時間半後、大谷助手より大血管転移症と診断結果を告げられる。午後、手術へ。

昼、大谷助手より再度、先天性の心複雑奇型で、五つの病名が並べられた。(1)大血管転移症+心房中隔欠損症、(2)卵円孔開存症(ボタロー)、(3)動脈管開存症、(4)大動脈縮窄症、(5)肺高血圧症。私には知識はなかったが、とにかく心臓の配線がメチャクチャになっていることは理解できた。私は、とても助からないな、と高の死を覚悟した。

重患室の高に面会する。心カテの効果で心持ちチアノーゼが改善され、楽そうに見えた。

加藤の手配により、口腔外科助手と職員三名が、血液の交叉試験を受けた。二名から採血、二名は待機となった。

献血の要請に十数人が手を挙げた、と聞いた……。

午後四時、手術がはじまる。

昨年は、全国的に風疹が流行った。優子は、東京まで風疹の検査に行き、抗体はプラスだったのだ。不運としか言い様がない。そんな思いを噛みしめながら、待った。

三時間後、手術終了。大谷助手より（1）から（4）の開存と縮窄を処置した、一応落着いている、と説明をうける。新鮮血一六〇立方センチメートルを輸血したが、まだ必要かもしれない。八時すぎ、重患室に戻る。

私は、加藤、交代で待機してくれた口腔外科助手、職員と病院近くの寿司屋に飛び込み、忙しく寿司を頬ばると病院へ駆け戻った。味も何もなかった。ここで、誠治が職員の石田定吉と交代する。

夜半、大谷助手から、加藤譲治と術後の説明を聞く。開存と縮窄の処置により血行全体に改善が見られる、あとは呼吸、肺、痰が心配される。O_2濃度二六と低く、呼吸四〇で機械管理している、尿は多量だ。

大谷助手らの高度の専門性は理解するが、実際は、私には彼らの心臓外科医としての力量は知りえない。いつも一方的な病状報告をうけて、一喜一憂するのみである。結局、彼らを信頼するしかないのだ。

大谷助手らは重患室に詰め、徹夜の構えであった。加藤が、手抜かりなく医局員室に寿司の差入れを届けた。

午後一二時、病棟の廊下のベンチに誠治と寝る。寝苦しい。

入院三日目。

朝、牛乳を一本飲む。

一夜の容態が、脳全体にべったりと張りついて離れない。術後管理は、大丈夫だったようだ。病棟のベンチに座って、待機する。大谷助手から声がかかった時に、すぐに応じなければならない。私が教授であることを聞いたらしく、彼は、私を先生と呼びはじめる。

許可を得て、重患室のドアの隙間越しに髙をのぞく。酸素テントにさえぎられて、よく見えない。

夕方までベンチにいると、病院内の一日の動きが分かる。今さらながら、病院が地獄・極楽の館(やかた)であると実感する。もう自分は、その中に頭まで溶け込んでしまっている。ここから脱けだせるのは、いつなのか?

午後五時すぎ、大谷助手に重患室に呼ばれる。呼吸器械は外し自呼吸をはじめた、と彼の声は明るかった。朗報だ。テント越しの髙は、マスクとチューブの蔦に埋まっていた。

高の鳩胸が、ゆるやかに息づいている。私は、テントの隙間に手を差し入れ、丸い小さな拳に私の人指し指を握らせた。彼は、時折泣き声を洩らしたが、いかにも弱々しかった。「赤ちゃん、先生にそっくりですよ」と、大谷助手は悪戯っぽく笑顔をみせた。私は、助かるかもしれないと、一縷(いちる)の望みを抱いた。

公衆電話で優子に、今の所は良好だ、と伝えた。気休めは言わなかった、それは、彼女も分かっている。ベンチに丸まって寝た。

入院四日目。

午前八時、担当看護婦から、高にミルクを飲ませはじめた、と聞く。私は看護婦たちの視線から、私が一日中ベンチに座っているのを迷惑がっている、と感じていた。彼女たちには、大の男が目障りなのだ。家族や付添いの控室はなく、付添いは誰も病室の患者のベッドの横で、床に毛布を敷いて眠っていた。私は、人間扱いされていない、と密かに憤っていた。それはともかく、高は重患室だったので、勝手に入室できない。

私は、高の命が短いと覚悟したとき、彼が逝く時には傍にいてやろう、と心に決めていた。だから、私が占めているベンチの端を離れる気はなかった。しかし私は、この夏が十数年来の酷暑になることを知らなかった。

午前一〇時、大谷助手より、本日一般病室へ移す、と伝えられた。彼も嬉しそうであった。私は、素直に順調の証しと喜んだ。江口教授が立ち話で、一番危険な時期は過ぎましたよ、と手短に去った。自活呼吸一〇〇、ミルクを求めて泣くようになった。

午後三時、三五六号室に移された。元気に泣いて、元気ですね、と看護婦に励まされる。六時すぎ、私は一旦、シャワーを浴びに帰宅した。真向かいの家は、葬儀であった。そのまま死んだように眠りこけた。……私は、高の回復ぶりに油断したのだ。

夜、一一時すぎ、電話が鳴り響いた。待機中の職員から、すぐ来てください！　痰がつまった、と急報だ。私は虚をつかれ、病院を離れたことを悔やんだ。長岡の優子に容態急変を知らせ、タクシーで駆けつける。

幸い、小康状態を保っていた。拍子抜けするゆとりもなかった。大谷助手は、痰を吸引した、気管支炎様のX線像がある、前のように吸収管理をしている、と冷静に、まだ期待は捨てていません、と慰めた。

優子に電話。無用な心配をさせて可哀想だったが、刻々の事実は知らせねばならない。病院泊まり、三日目。気が高ぶって眠れない。

入院五日目。

朝、病院の食堂で和定食。

病院での廊下生活に慣れる。私の指定席となったベンチにも馴染む。

昨夜の状態よりやや改善された、という。繁く病室をのぞく。午前一一時、呼吸器械が外れて、元の良い状態に回復し、X線も改善している、呼吸も楽に、皮膚色も良い。午後一時、看護の都合で一時、重患室に戻る。

そのあと、あわただしく帰宅する。光子に付き添われて、優子が貴と長岡から帰宅した。優子は、長い髪を肩上までバッサリ切っていた。彼女の決意を共感した。

土曜日で、ちょうど家族と海水浴に出かける江口教授に、玄関口から挨拶した。貴が、ながおかがすき、と泣きべそをかいた。ここが、君の家だよ。

二時間でベンチに戻った。呼吸は順調だが、ミルクはまだ飲まない。週刊誌をみたり居眠りをしたり……持参した枕で寝た。蒸し暑く、汗びっしょりで幾度も覚めた。

三度目の心停止

入院六日目。

日曜日にかかわらず、江口教授が回診。まだ痰がでている。大谷助手に優子を紹介する。心持ち、彼の表情が和らいだ。私は、やはり母親のほうが話し易いのだろう、と思った。

入院時から髙の病状を逐一、走り書きしていた帝国ホテルのメモ用紙を見直す。汗で、インクがにじんで読みにくい。

昼、休日だったので空きがあったらしく、大谷助手が私のベンチに寄った。激務なので、病棟担当の三名のトリオは二カ月毎に交替する。この間は、ほとんど休めないという。今のトリオはいつ交替するのか、と喉まででかかった。せめて高の結果がでるまで担当して欲しいと、密かに願った。

私たちはすっかり打ち解けて、病院時間を忘れて談笑した。気さくな人柄だ。

午後、一時帰宅。優子が、貴をまた長岡に預けて、高の付添いに行くと言いだす。産後だからと説き伏せるのに、往生する。高の名前を連発していると、貴が私たちを見あげて、「こうちゃん、かあいそうね」と大粒の涙をこぼした。私たちは、言い合うのをやめた。

午後七時半、大谷助手と重患室に入る。粘稠な痰がでて、ほぼ一五分毎に吸引している。呼吸は最高一四〇いくが、ふつう一二〇前後。顔色は良く、楽そうに見えた。

夜半、ベンチで大谷助手が加藤に、経過が良ければ一週間ほどで退院できますよ、頑健な子です、と話すのを傍らで聞く。二人で、口腔外科の専門的な会話になる。

看護婦は三交代制で、準夜勤は夜の零時に交代する。顔馴染みになった看護婦が、職務を解放されて、着替えたスカートを踊らせながら足取り軽く階段を下りていく。彼女は、日常的な世界に戻っていくのだ。私は感謝をこめて、その背にむけて黙礼した。汗が、ベンチの上に滴り落ちた。サウナ風呂のような暑さに、音（ね）をあげる。

入院七日目。

食堂の和定食に飽きがくる。

午前八時、痰がつまり酸素吸入、繰り返しだ。一〇時半、痰を吸引し、ブドウ糖を飲ませる。小さな白い手袋をしている。爪にチアノーゼ、手に冷感があるのだという。

午後、一時帰宅。夜、大谷助手が、あと四日間は重患で預かります、と言う。やはり駄目かと瞼を落とす。呼吸は八〇〜九〇になった、痰は退院まで出る、四日以内に退院できるかも知れない、と思いがけず明るい見通しを示された。入院して幾日経ったのか、今日は何日で何曜日なのか、日にちの感覚が無くなっている。昨夜に増して、息苦しくなるような暑さだ。

午前一時すぎ、重患室のほうから、心発作！という看護婦の声に覚める。にわかに廊下の奥が騒がしくなる。五分ほどで大谷助手が駆けつける。移動用の大きなX線装置が、ゴトゴトと目の前を通る。

朦朧としたまま、髙ちゃんかな？ と自分に問う。二時頃、治まったらしく廊下は静かになる。汗まみれのシャツを着替えて、三時まで待つ。他の患者さんかもしれない……抗しがたい睡魔に襲われる。

入院八日目。

午前一〇時、やはり昨夜のトラブルは、高だった。心停止し、電気ショックを施した。大谷助手は、心室細動と不整脈がある、脳に異常はない模様、原因は不明、と言う。病状は、一日半前に後退した。やはり危険な状態は変わらない。

午前中、小池光子が重患室で孫と面会する。その小さな高を取り巻く病室内の様相に青ざめ、優子には見せないで……と私に訴える。

蒸し暑くて眠れず、ベンチの反対側に置いてあった患者搬送車を蹴飛ばす。私のベンチのエリアに邪魔くさい、と八ツ当たり。ベンチ泊も、そろそろ限界か。

入院九日目。

昨日、大学に有給休暇届を出したので、事務部長の小田島三郎が職員に決裁書類ケースを託した。ベンチの端で、書類を片手に隠しながら決裁印を押した。

午前一一時、呼吸一〇〇に下がり、ミルクを飲ませる。

一時帰宅するも、貴が風邪で小児科に連れていく、と連絡板にメモがある。

午後六時、冷えが治ったらしく、高の手袋が外されていた。痰はつづいているが、私の声に敏感に反応するので、安心する。元気そうだ。

午後一一時、辛抱が切れ、ガクガクしながら帰宅してベッドに崩れ込む。高ちゃん許せよ、八日ぶりの外泊だ。

入院一〇日目。

朝、早々にベンチに戻る。午前九時、江口教授が、まだ相当に粘稠な痰がでるので咽頭鏡で取っている、今は痰だけが問題だ、注意を要する、と私に言い聞かせる。

午後二時前、六日ぶりに重患室を出て、三五六号室に戻る。

テントの中で、手足を動かし、泣き、咳をする。看護婦に、咳をするほど元気なのよ、と教えられる。一般病室なので、付添いができる。とにかく、高の傍にいてやれるのは有りがたい。動くので、ミルクを飲ませるのに手間がかかる。

一時帰宅。光子が、高ちゃんの生命線は長いから……と、優子と私を励ます。昨日、重患室で高の手相を見たらしい。

午後七時、ミルクのあと、看護婦と一緒に、首を軽く叩きながら痰の吸引を繰り返す。

熱がある。明け方、咳をしはじめ、顔色が良くなり、安らぐ。慣れぬ徹夜は、身に応える。

入院一一日目。

江口教授の回診。調子よさそうですね。確かに、昨夜より良さそうだ。

昼前に帰宅、冷麦を啜って眠る。覚めると、貴が、隣室で独りレコーダーを聴いている。

もう自分でスイッチを押している。風邪は治ったようだ。

焦っていた医歯薬出版の原稿を、なんとかまとめ終える。

午後六時帰院。理工学講座助教授の小倉英夫が来て、ミシガン大学留学を相談する。帰り際、私のゴルフの指南役である彼に、ゴルフは当分行けないな、と笑った。

夜一〇時半、大谷助手より、前胸部の抜糸をした、と聞く。あいかわらず痰は詰まるが、手足をバタつかせて元気だ。泣き声も強くなる。三時間おきにミルクを飲ませる。

小池光子、依頼した付添いと交代で、検温、おむつ代え、顔拭き、体位変え、呼吸や尿を見る。

一人になると、病室が急にひっそりとする。心電図の画面が、波を画きながら輝いている。ベッドの脇に椅子を寄せて、高に指を握らせる。高の顔はできるだけ見ないように、目を逸す。あとが辛いので、なるべく情が移らないように、心を鬼にする。

気がつくと、正体なくベッドのアームにもたれていた。徹夜がつづく。

入院一二日目。

午前一〇時半から、ミルクは三時間おきにつづける。ブドウ糖を加えたミルク三五立方センチメートル、飲ませ方も要領よく慣れてきた。

昼前、帰宅し二時間眠る。脱稿した医歯薬出版の原稿を郵送する、これで締切に間に合う。

午後六時帰院。体温が落着いたので、検温は必要時のみとなる。呼吸もゆるやかになり、泣き声が力強くなる。

午後九時すぎ、手足をバタつかせ、今までにない勢いで泣く。助かるかもしれない、という淡い期待が、こんなに元気なのだからと、一気にふくらむ。徹夜も苦ではなくなる思いだ。

ベンチでトロトロ眠る。二時間おきに付添いと交代する。午前一時すぎ、検温三七・九度、心電図正常、暗くて顔色が分からないが、眠っている様子。消え入るような、かぼそい声で泣く。

ミルクを一回抜かしたので、哺乳瓶につくってナースセンターに許可を受けに行く。戻って、ミルクを与えようとするが、反応がない。スーと、長く高の息が引いていくような感覚がした。担当の看護婦が、ミルクの様子を見に入ってきた。

高ちゃん、と呼ぶが……目の前の心電図のラインが、アッという間にフラットになった。反射的に、「看護婦さん！　心停止だッ」と、ベッド上の緊急ボタンを押しながら叫んだ。

廊下から、小池医員、看護婦数人が阿修羅のようにワッと飛び込んできた。ベッドの反対側にいた私は、跳ね飛ばされた。彼らは、敏捷におのおの役目に取りついた。ベッドに片足を乗せて、小池医員が高の胸に心臓マッサージをしながら、沈着に看護婦に指示を飛ばした。

数分も経たぬうちに、大谷助手、吉井医員が駆け込んできた。首にかけた聴診器が踊っていた。大谷助手が、除細動器だ、と早口で看護婦に命じた。それが、電気ショックであることは分かった。

高の小さな胸がはだけられ、手早く電脈が両側に貼られた。大谷助手が両手に極板を構えながら、下がって、下がって、と皆を遠去けると、高の胸に極板を圧した。瞬間、バシッと電気がショートする烈しい音が響き、激しく火花が飛び散った。病室内に、閃光が交錯した。

私は、その凄まじい通電に度肝を抜かれた。心電図の画面のラインが、ゆらゆら揺れ動いていた。心電図を確認すると、もう一度いきます、と大谷助手は事なげに指示した。

もう一度?! と私は目を剥いた。電気ショックで死んでしまう、と肌が粟立った。それを察知した看護婦の一人に、お父さんは外に出てください、と否応もなしに廊下へ追い出された。オレが邪魔だと言うのか。

廊下の壁に向いたまま、私は言い様のない激情に襲われていた。小さな心臓に、あんな痛撃を与えられては、助かりっこない。両腕を胸に組んで、断続する身震いを抑えていた。

忙しげに出入りする看護婦の一人が、心臓動きましたよ、と声をかけていった。有りがたかった。にわかに、脳障害の心配が暗雲のように広がった。もっと早く気がついていたら、と悔やみきれない。それから一時間近く経って、重患室に移された。

午前三時、びっくりしたでしょ、と大谷助手。あのような光景を目にした親を、どう納得させたらよいのか、医師も困惑しているだろう。

たいしたことありませんよ、と彼は逆手にでた。幸い、脳障害はないようです、目も手も動かします、二四時間以内にまた起きる可能性はありますが、まあ、大丈夫でしょう。

誰の罪でもない、私は、現実を受容する他なかった。

明け方、ベンチで一時間余、まどろむ。高の寝顔が、悪夢のように浮かんでは消えた。

二、三日がヤマ

入院一三日目。

朝、優子に昨夜の顛末を伝える。彼女は、居ても立ってもいられずに駆けつけた。病院に来ても変わりはないのだが、一歩でも高に近い所にいてやりたい。

昼前に帰宅、二時間休むが、鉄兜をかぶったように頭が重く火照って眠れない。

夕方、優子は、貴を小池両親と一緒に長岡へ戻した。彼は無邪気に、ながおかにかえる、とトントン跳ねた。

私は、優子が貴を両親に委ねた理由は問わなかった。これまで、誠治はじめ、大学職員が交代で待機してくれていた。こんな有りがたい事はなかったが、これ以上、甘えて周りに迷惑は掛けられない。

午後五時前、大谷助手より、朝から無尿で、腎臓がやられている、このままだと駄目です、と彼の口から初めて絶望的な所見がでた。頭や胸は問題ないのに尿が出ない。原因は不明というが、やはり昨夜のアタックが災いしたか。

めずらしく小池医員が、むくみ、出血があり、状態は悪い、と別の言い方で病状を告げる。すぐに優子を呼ぶ。七時前、大谷助手が、無尿は治らない、老廃物の処理が必要なので、特殊利尿剤をやるが、効果は現れない、浮腫がでている、尿毒症が心配される、このままでは呼吸も悪化する、と重ねて踏み込む。

優子とベンチで待つ。彼女は、他愛ないお喋りをしている。私は、無言だった。話が途切れると、「もう諦めていますから……」と一言。優子の健気を知る。

午後七時、江口教授が、このままでは難しい、尿毒症まではいかないだろう、循環器系は良いんですがねえ、と残念そうに洩らす。

午後八時、腎臓の状態は分からないが、腎不全の処置をしている、午前中よりはしっかりしてきた、これで数週間もてばよいのだが……暗い沈黙が漂う。江口教授は、昨夜はビックリしたでしょう、と労り、嫌な気分をひとまず払った。

午後九時、廊下を看護婦、医師たちが小走りに行く。また重患室で発作らしい。優子と声なく顔を見合わせる。高だろう、これで入院後四度目の発作だ。まもなく重患室の前は、静かになる。

加藤譲治が、熱い茶を添えて、折詰の寿司を差し入れた。私と優子は、ベンチの隅の闇の下で膝を寄せて食べた。こんな美味い寿司は、食ったことがないと思った。

夜半、優子を帰す。今夜は、心もち涼しい。

入院一四日目。

案の定、私と交代するために、優子は九時前には来ていた。いつまで続くか分からないのに、私がダウンする訳にはいかないのだ。昼間は優子、夜間は私の番とする他ない。

やはり昨日は、高が徐脈になり心臓マッサージをした。心室細動があったが、一〇〜一五分で回復したと言う。

午前九時半、江口教授より、やはり尿がでない、老廃物を腸から取る処置をやっている、と。

優子と交代して帰宅途中、紀伊國屋で文庫本を二冊買った。どうせベンチでは、読むどころではないのだが……。目玉焼きを食らって、二時間眠る。

優子から、大谷先生に連れられて高に面会した、と電話。入院後、初めての面会だ。腎機能が回復するのに一カ月かかった例もある、その場合は長期戦になります、と聞かされた。

どんなに高度な適切な治療を施しても、患者の抵抗力の衰えが超えていれば、その効果は及ばない。私は、親の切なる期待に応えられない、彼の苛立ちと無念さを感じた。そんな気休めを言うようでは、大谷助手も相当に参っている。

高の闘病を正視して、優子はショックを隠しきれない。急いで戻ると、彼女は借りてきた猫のように、私のベンチの端にチョコンと座っていた。彼女は切り替えが早い、立ち直っている。

夕方、看護婦が例の搬送車を押してきて、またベンチの反対側に置いていった。あれに寝てないの？　と優子が尋ねた。私が怪訝な面持ちでいると、あなたに使ってくださいと言うことなのよ、と説く。

そういえば、搬送車のベッドの上に毛布が畳んである……ベンチ生活者への心遣いだったのか。それに気づかぬ間抜け。私は自分の鈍さに呆れながら、それに甘えては厚かましすぎると思った。

優子を帰す。午後六時、肝肥大し、無尿が一日半つづいている。テント越しに、時々、手が痙攣するように反射する。

吉井医員が、脳障害があるか分からない、目を開いてくれるのが心強い、と言う。彼は、難病患者を診るのが、楽しくてたまらないという様子だ。私のほうは、不気味な手の痙攣を見て、脳障害の不安が恐怖に一変し、足が竦んでいた。吉井医員は、いとおしそうに患児の胸に聴診器を当てる。嬉々として治療に没頭している。

彼は良い医者になるだろうな、と思いながら、今までの張りが一挙に崩れ落ちていくのを感じた。吉井医員との間にある落差に、暗澹となる。

ベンチを離れたくて、病院前のそば屋に入る。ざるそばを食う。

四度も心発作を起こして、器械づけ薬づけになっている息子。植物人間となった姿が浮かび、にわかに三トリオに疑心が湧く。無理矢理に生かして欲しい、とは思わない。救命が親の気持も分からない非人間的な行為に見えてきて、やりきれない。

夜半、加藤譲治が前橋から戻り、欠員となっている解剖学講座の後任教授の交渉の報告をうける。群馬大学医学部の小林寛助教授の名前が浮かぶ。

髙の脳障害の不安を打ち明けると、胸底にストーンと落ちる。痩せましたね、と聞き役の加藤。

今夜も、いくらか過ごしやすい。

入院一五日目。

午前九時すぎ、優子と交代する。産後一カ月なのに、大丈夫？　大丈夫？　と私の身体を気遣う。

午前一〇時半、高の体重は、四〇〇〇グラムになっている。一カ月でおよそ五〇〇グラム増えた。

優子からの電話だ。尿はでず、むくみがつづく。昨夜より痙攣があり、筋注で抑える、体液の不均衡か脳障害か分からない、おそらく前者だろう、しかし、浮腫が脳に及んでいる可能性もある。病状も、病状判断も、シーソーのようにアップ・ダウンする。問い返すこともなく、いつもの二時間、泥のように眠る。

午後五時前、大谷助手が、腹部がパンパンに膨満し、穿孔して通管し水分を取り栄養を注入する、と優子に伝う。五時すぎ病室に駆けつけると、大谷助手は、腹膜管理中です、と掠れた声。長期戦になりそうだ、と言う。

彼が病室を出ると、担当の看護婦が独り言のように、二、三日がヤマですよ、と呟いた。死亡までの時間は、たいてい担当看護婦の予見のほうが的を射ていると言う。

医師たちは、親は子が生きてさえいてくれればよいと思っている、と思い込んでいる節がある。私の場合、それは違う——ひたすら延命を願ってはいない。延命処置は止めてほしい、と喉まで出かかっているのだが、声にならないのだ。

それを、大谷助手に話す機会はなくなった。

午後六時半、彼から、明日、自分と小池の二人が担当を交代する、と告げられた。医局と病棟のルールに、我儘は言えない。私が言葉なくうなだれていると、後任は検討会で承知しているから大丈夫ですよ、と力づけられる。私は、「先生には十分にやっていただきました」、と深々と頭を下げた。

そのあと、付添いから、大谷助手より、先生は病院に毎日居る必要はないですよ、と帰宅を勧められた、と聞かされる。私は、彼の別れの言葉を素直に受け止めた。実に、大谷助手に去られて、意気消沈していた。

夜、久方ぶりに家のベッドで寝た。

入院一六日目。

午前八時半、優子は病院、夕方戻る。互いに言葉少ない。私は鬱して、たえず悪寒のような震えがやまない。

午後七時、二人で新しい主治医に挨拶にいくが、まだ見えていない。吉井医員に呼び込まれた。腹膜管理で乗りきれば、多少脳障害が残っても助かる可能性はある、と彼は切々と、得々と説く。〝脳障害〟が脳内に刃のように飛び交い、私は声もでない。彼に問い返すのも、恐ろしい。

一時間半ほどで無言の帰宅、そのまま畳にうずくまる。

心電図の細波

入院一七日目。

鳴り響く電話のベル、朝方四時。

病院の付添いから、父親だけ来るように、と伝言が入る。優子も、もう事態は分かっている。

着替えながら石田定吉の車を呼ぶ。彼を待てず、夜道を小走る。途中で石田車に乗ると、念のため、急いで走らせなくてもいいからね、と息を継ぐ。彼はハイと律儀に、深夜の赤信号に止まる。一五分後、重患室のドアに立つ。

吉井医員らが、心マをつづけている。新しい主治医が近づき、三時に心停止した、一時間処置するが効果がない、と心電図のほうに目を向けた。

見ると、ラインが細波（さざ）のように流れている。私は、家族への、せめてものゼスチァーなのだと解した。もう止めていいですか、という主治医の念押しに、結構です、と首が垂れた。心マの手が離れ、四時二三分、お亡くなりです、と吉井医員が告げた。私は胸の奥で、もう死んでいたんだ、と思った。

器械を外しはじめた看護婦らの背に、有りがとうございました、と頭を下げた。薄闇の中で、優子に電話した。いきなり、すべてが止まってしまったようだった。窓の外が、白みはじめていた。

優子がタクシーで来た。

私は、彼らは切り出しにくいだろうと、主治医に病理解剖をしてもよいことを伝えた。家族のほうから剖検を切り出されて、彼は目を見開いた。そのリアクションに、私は、オレは格好のつけすぎだ、と自己嫌悪に陥った。

高は、ひとまず個室に移された。顔に白布をかぶった小さな身体が、大きなベッドの中央に置かれていた。両手をキチンと胸に組んでいた。その姿に、私は、呆然と立ち尽くした。ようやく顔を見ると、看護婦が注(さ)してくれたのだろう、薄く口紅と頬紅がしてあった。眠っているよう……と優子が呟いた。

数えれば、僅か三十四日の生命であった。

高、生まれかわってこいよ、と私は、胸中、幾度も叫んでいた。剖検を督促すると、病理医がまだ出勤していない。吉井医員から、死亡診断書を手渡された。

午前九時、剖検室へ、私たちは地階の霊安室で待つ。私は、椅子にも座らず、ただウロウロと歩きまわっていた。椅子に掛けた優子が、思いだしたように、「大谷先生が、風格のある立派な子だ、と誉めてくださった」と顔をあげた。喉に熱いものが込み上げてきた。

高は大谷助手の去った翌朝、力尽きた。大谷助手らと共に闘った一七日間だった。苦しかったろう、痛かったろう、辛かったろう。私は、息を引きとる時に居てやれなかった。

午前一〇時すぎ、主治医が剖検の報告にみえた。診断どおりだったと、心臓の所見を述べた。私は死因は腎不全かどうかを確認したかったので、腎臓はどうでしたか？　と問うた。心臓以外には関心がなかったのだろう、主治医は狼狽した。私は、憮然としていた。

まもなく高が、霊安室に運ばれてきた。私にとって初めての肉親の死であった。不意に、職員の大場憲栄が僧籍にあることを思いだした。

午前一〇時半、高の初めての帰宅になった。

優子が、厚い産着にくるまれた高を抱いて石田車に乗った。

沈鬱の車中、アッと優子が声をあげ、「わたし、この子を初めて抱いた……」と呟いて、冷たくなった高をひしと抱きしめた。

生きて還る

不意に、額にポッと仄暗い明りが灯り、私は静謐の湖底から漆黒の闇を、スーと一直線に浮上していった。はるか湖面にむけてダイバーのように、息苦しさも水音もしない上昇だった。

突然、パカンと水面が花輪のように飛び散り、眩しい視界が満天に開けた。

「大丈夫……大丈夫だ！」頭上に険しい声が響いた。見ると、白衣の顔が映った。アレ、柴さんじゃないか、と朧に思った。内科教授の柴田一夫が、檻の熊のように歩き回っている。柴さん、何してるの？　視野の隅に彼を追った。

私の顔——顔だけが、水晶体のように水面に浮かんでいた。首から下は浮いているのか、沈んでいるのか、奇妙にも感覚がない。まことに、不可思議な気分だった。実は、そのとき私は、病室のベッドに寝ていたのだ……。

「あなた！」だしぬけに、白い顔が視界一杯に迫った。妻の優子(ひろこ)ではないか。思わず、どうしたんだい？　と問いかけた。それが、なぜか声にならない。彼女が、何か叫んでいる。その声が、はるか遠くに聞こえる。何を言っているんだろう……静かな、穏やかな気分だ。顔の浮かんだ丸い空間が、人影でにわかに騒がしくなった。

あとで知ったことだが、私が死の淵から生還した瞬間であった。

ひどく疲れていた。じきに重たい眠りに落ちた。それから、ゆるやかに覚めた。時間の感覚はない。目の前に、優子の顔があった。私が眠っている間中、枕元に張り付いていたらしい。身体中がびしょ濡れで、しきりに悪寒がする。入院していた、という記憶が蘇った。仰ぎ見る優子は、別人のようだった。蒼ざめて、引き攣って、表情は鬼気迫っていた。それが切なくて、私は、どうしたの？　と繰り返した。喉が棒のようで、声がでない。顔面がマスクに覆われているらしい。もどかしく苛立って、嫌々と首を振った。固いチューブが、両の鼻孔を貫いていた。動けない……一体、どうしたんだ？

優子が顔を寄せて、訴えかけるように語気を強めた。「わたしが、心臓マッサージをしたのよ」

私は、怪訝な表情をしたらしい。自分の身に不測の事態が起こった、という自覚はない。彼女は、抑揚をおさえて繰り返した。

昨日、私は胆石の手術をした。それなのに、なぜ、妻が私の心臓マッサージを……脈絡なく自問していた。私のおぼつかない視線に、優子は、拙速に伝えたと悔やんだ。皮を切るように唇を噛んだ。疑問が、槍のように私の喉元を突き上げた。

なぜ、お前が……私は、チューブの垂れた首をもたげ、優子にむけて掠れた声を振り絞った。「だって……ここは病院じゃないか⁉」

因縁の医科病院

「やあ！」朝靄(あさもや)のなか、名は知らないが、私たちはすれ違いに声を交わす。新潟市の信濃川関屋分水路の河岸である。私は、持病の胃痛が、今年の正月明けからぶり返していた。四〇代初めに十二指腸潰瘍を患い、その後も胃痛を繰り返した。その一方、五〇代を前に体重が七〇キロに達した。

三月中旬から健胃と減量を兼ねて、朝方か夕刻に一時間、ジョギングを始めた。むろん、食事制限も併行した。

三カ月経っても、二キロしか減らない。それから徐々に減りはじめ、五カ月を過ぎると六五キロ、腹がペソとなった。

一〇月二一日、寒風の海岸ロード。「お久しぶりですね」顔馴染みのすれ違い仲間に、初めて声を掛けられた。「父親が病気で……」と返すと、彼は頷いてそのまま走り去った。実は、私は、三週間ほどブランクだったのだ。

父實が、東京板橋の日本大学板橋病院に入院した。九月二八日から一〇月一五日まで、妹のリザ子、レチ子と交代で看病した。

實は、強烈な個性で俗物根性を排し、自由奔放に生きたリベラリストである。病気一つせず歯は一本も欠けず、六〇年間毎朝、吉祥寺の井の頭公園一周をランニングした。九〇歳までランニングを続け、九五歳まで街の本屋を漁った。九九歳で初めての大病、初めての入院であった。

彼は、大正アヴァンギャルドを興した、洋画家としても知られていた。「ヴィンチのように死んでやる」というのが、口癖だった。イタリアでは、ダ・ヴィンチとは言わないらしい。私からすれば、まさに超人であった。

池袋のホテルと病院前のウィークリィ・マンションから、病室に通いつめた。ある晩、夢にうなされて、狭いベッドからもんどり打って転げ落ちた。入院一八日目の一〇月一五日、實を看取った。

一〇月下旬の新潟は寒くて、ジョギングは凍える。看病疲れもあり、体重は六二・五キロに落ちていたが、胃痛は治らなかった。毎度の持病なので、優子には黙っていた。

二三日、クインテッセンス出版社長から、「中原實先生の伝記を書いてみませんか」と誘いの電話が入る。私は、「原稿はできてますよ」と答えた。彼は、半信半疑であった。この一〇年、中原實に関して大学の会報に連載を重ね、書き溜めた生原稿もまとまっていた。

二五日、上越新幹線「あさひ」で上京した。まだ上野止まりで、JRに乗り換えた。社長に重たい原稿の束を手渡し、書名は『伝説の中原實』と伝えた。

一二月中旬から、胃焼け、ゲップ、吐き気が強まる。

下旬には、頬がこけて六一キログラムになっていた。八カ月余で九キロ、一カ月で一キロずつ減らしたことになる。

一二月初め、みぞおちに痛みがつづく。痛み止めをもらうが、効かない。

一二月一〇日、胃部から左肩へかけて、激しい痛みに襲われる。優子が、言葉少なく背中をさする。苦しくて、朝方まで一睡もできない。今までにない痛み。私は、実に往生際の悪い病人だ。病気から逃げ回っている。

翌日、外せない仕事に夕刻までかかる。次の日は痛み疲れで、終日、伏せる。スープを飲んでも痛む。尿が妙に濃い。便が白っぽく見えた。

一三日、気力はあるので、一仕事済ませる。昼前に渋々、附属医科病院の内科外来にいく。

「黄疸がでてる!」

内科教授の柴田が、私の両目を診るなり声を上げた。次の言葉は、「入院しましょ」であった。私の身体は、あわただしく検査室を巡った。エコーでは肝臓に問題はないが、胆嚢に石がある。CTでも、同じ結果であった。

私は帰宅し、優子に「胆石らしい」と伝えた。「原因が分かって良かったわね」と励ます。

悪性じゃないかな……弱音が喉まで出かかった。鏡を覗くと、確かに白目が黄色い。気味悪いようなイエローだ。顔も微妙に黄ばんでいる。

自宅から、事務部長の大場憲栄に指示する。今月のスケジュールは、すべて取り消した。夕方、忙しく医科病院二階の個室二〇二号室に入院した。すぐに、抗菌剤の点滴注射だ。現病歴を聞く柴田。「我慢強い人ですねえ」と、呆れたように優子の方を見た。彼一流の世辞か激励か、その両方だろう。

内科助教授の曽根秀二が、「閉塞性黄疸でしょう」と説く。彼が主治医だ。「便が白くなかったですか?」と問う。内心、アッと合点した。光の加減かと思ったが、胆汁が便に流れていなかったのだ。それにしても、あの白い便は奇麗だった。石が、胆管に落ちるたびに痛みを発した。それを持病の胃痛と勘違いしていた。胆嚢内が膿だらけになっているので、激痛を生じたらしい。

アレヨアレヨという間の、我が身の異変である。人生、一寸先は闇だ。附属病院長（歯科病院）を併任する口腔外科教授の加藤譲治が、押っ取り刀で駈けつけた。開口一番、「切れば治りますよ」と外科医らしい励まし方だ。でも、譲治さん、切るのは嫌だよ。

夜、優子が、二回目の点滴が終わるまで付き添う。抗菌剤が効いて、久しぶりに数時間、熟睡した。窓辺に飾った一輪挿しに、和む。赤い薔薇。

「あなたの性格は?」翌日、私は、入院患者への質問書に困惑した。自分の性格を特筆するのは難しい。嫌々ながら、「真面目」と記した。努力家、と書こうとして止めた。欠点は、挙げれば切りがない。

深夜、寝たまま、暗い天井を見詰めていた。この病室に入院するのは、二度目である。一〇年前の昭和五五年。母ひさえが、九月初旬に日大板橋病院に入院した。手術をしたが、胆嚢ガンが進行し手遅れだった。サイレント・ストーンが、病因であった。年末に一時退院したが、三月中旬に再入院となった。

ひさえが逝くまでの数カ月間、私は仕事を兼ねながら毎週、夜行の「天の川」で上京した。上野駅から病床に駆けつけた。三九歳の体力であったが、さすがに夜行の七時間の揺れは、辛かった。

ひさえの死の二日後、五月二八日に自宅で葬儀と決まった。その日は、新潟歯学部附属医科病院の開院披露宴と重なっていた。

二年の工期を経て、附属病院(歯科)に隣接して四階建を新築した。診療科は、内科、外科、耳鼻咽喉科の三科で、ベッド数五〇床、医師一〇名、看護婦三五名の小規模な大学病院である。その開院披露宴に、歯学部長の私の名前で、県内病院の病院長等を招待していた。やむなく、新潟に欠礼を伝える。折り返し、加藤と事務部長の小田島三郎に、電話口で説得された。

その夜、私は、ひさえの棺の横で寝た。

早朝、ひさえの白い冷たい額に手を添えて、別れを告げた。奔放な夫に尽くし、四人の子供を育んだ六七年であった。優子を残し、ひさえを振り切った。

走行途中、上越線「とき」が停車した。そのまま動かない。パンタグラフにビニールが引っ掛かった、と車掌。思わず私は、「走るんでしょうね！」と声を荒げていた。葬儀も、披露宴も出席できなかったら……開宴一時間前に新潟駅に着いた。開院披露宴を終えると、飛び乗りでとんぼ返りした。夜八時、吉祥寺の家は、線香の漂う中に静まり返っていた。

翌六月の二日に、附属医科病院は開院した。

六日、私は、第七四回日本歯科保存学会学術大会の特別講演に立っていた。新潟歯学部講堂の演壇上、三九度を越える発熱に、声はワナワナと戦き、両肩から両手へ震えが止まらない。一時間もの穴を開ける訳にはいかなかったのだ。

そのあと週末明けの九日朝、廊下の隅々まで輝く医科病院に、即刻、入院となった。忙しく点滴五〇〇立方センチメートル、精根尽きた過労である。なんと、内科入院患者の第一号であった。

その一〇年後、病室は同じ二〇二号室。私は、皮肉な因縁、とベッドの上で長嘆息した。病室と接するナースステーションの壁から、私の背中に蛇口を流れる水音が響いてきた。

絶対的手術適応症

翌朝、病院食だが、久しぶりに米の飯を口にした。婦長の金子和子が見えた。院内を見回る彼女の端正な姿には、威風があった。遅延した薬剤師を一喝する厳しい婦長、と聞いていた。私は患者の身、看護責任者に丁寧に挨拶した。「何でもおっしゃってください」と、彼女は鷹揚に応えた。

体裁屋の私は、良い患者に徹すると密かに決めていた。とにかく面倒を掛けず、大人しい患者でいよう。その姿勢が、裏目にでるとは思わなかった。

内科での治療は、抗菌剤を投与して、とにかく炎症を消退させることだ。あわせて、胆嚢の入口や胆管に詰まる石を流す。そして外科へ回す。ただし、主治医は悪性の疑いを捨てず、念入りに診察しているようだ。

次の朝、次男の賢(けん)が、ランドセルを踊らせながら、息せき切って飛び込んできた。登校前、着替えを届けにきたのだ。小学校五年の一〇歳である。新潟歯学部の左隣に、彼の通う浜浦小学校がある。身体を起こして、「パパの室、すぐ分かったかい?」と聞いた。「ウン、僕の泊まった室の前だもん」得意気に、向かいの病室を指した。彼は、二年前、虫垂炎の手術で入院したことがある。そうだったね。

実は、私たちは、一三年前の昭和五二年に次男の高(こう)を亡くした。そのショックから、優子は不妊症になった。一年余り、県立がんセンターの不妊外来に通った。三年後の昭和五五年に生まれたのが、賢である。だから、彼は三男になるのだが、便宜上、次男としている。高を消し去ったようで、胸が痛む。風の子のようなサッカー少年、賢が高の分も生きている。

入院六日目。黄疸が半減して顔の黄ばみが消え、便が黒々と戻り、紅茶色だった尿も薄くなった。曽根は、予想以上に早い改善に頬を綻ばせた。「この調子なら、正月はお宅で過ごせますよ」と喜ばせる。内心、年内の退院は無理なのか、と消沈する私。

翌一九日、柴田が、再検査の結果を告げた。診断は、胆嚢結石症と総胆管結石症。悪性ではない。黄疸が消退するのは、進行性ではない証明だ。

入れ代わりに、曽根が入ってきた。彼は、手術の必要性を懇々と説く。噛んで含めるように、「絶対的手術適応症です」と繰り返した。主治医の言葉には逆らえない、と腹を決める。

「百パーセント悪性じゃないってサ」と、優子に知らせる。受話器から、弾んだ声が跳ね返ってきた。手術のことは、黙っていた。

その日の夕方、長男の貴（たか）がフラリと顔を出した。入院一週間目だぞ。期末試験のあと、友達と東京ディズニーランドに遊んだ帰りだ。新潟高校二年の一六歳である。少しは、親父の病気を心配しろ。電気ストーブの薬罐が、盛んに蒸気を吹いている。彼は、その湯を紅茶パックに注ぐと、独り旨そうに啜った。とにかく、マイペースののんびり屋なのだ。

翌日、貴に付き添いをさせた。嫌がりもせず、朝から夜の点滴が終わるまで付き合った。病室は終日、春風駘蕩の趣だった。次の日、彼は流感でダウンした。

金子が、今夕、院内のクリスマス・パーティに誘う。二一日なのにクリスマス？　彼女は、「そう、スペシャル・イヴなんです」とはしゃいだ。

夕刻、場違いのジングルベルが、病棟に鳴り響いた。寝巻やパジャマ姿の患者、看護婦、付添いが、廊下にあふれていた。電燈が消されると、医師の扮する三人のサンタクロースが登場した。燃えるキャンドルを捧げながら、ぎこちない足取りで静々と進む。割れていく人波の先に、薄闇の中、車椅子に座った少女が見えた。彼女が、早過ぎる聖夜の主役なのだと知った。サンタが、少女の前の燭台のキャンドルに点火した。揺らぐ燈火のもとに、点滴と経鼻カテーテルを離せない青ざめた小さな顔が浮かぶ。

サンタが、少女の膝にプレゼントを置く。金子が、か細い両手を導いて、リボンの小箱を握らせた。一斉に拍手が沸いた。聖歌が病棟の廊下に木霊し、院外の闇に消えた。

一時間遅い夕食に、ケーキが付いた。

寒いが、快晴である。味のない病院食も、ペロリと平らげる。痛みがなく、黄疸が消えると、(現金なもので) ベッドが鬱陶しくなる。二回の点滴以外は、付添い用のソファに座る。『麻酔法の父ウェルズ』の再校ゲラに目を通す。来年一月に、デンタル・フォーラム社から出版する歯科医人の評伝である。

そこへ、『伝説の中原實』の初校ゲラがドサリと届いた。四月には、油彩画写真入りのA4変型判三三〇ページの大冊となる予定だ。代わる代わる校正する。

昼過ぎ、廊下にコツコツと高い靴音が聞こえる。優子が、一輪挿しの花を挿し替えた。無性に、甘いものが欲しくなる。塩分も糖分もない病院食に飢えたのか。福が来るからと、優子が白い大福餅を差し入れた。二個を頬張って、残りを引出しに隠す。約一時間半の点滴は、腕が強ばって辛い。看護婦の足音に、あわてて唇についた白い粉を拭う。患者の品行は、とうにお見通しだろう。

見回りにきた金子が、両肩を落としていた。クリスマスの少女が、今朝、亡くなった。やはり彼女には、残された時間がなかったのだ。ナースもまた、生と死の境に働いている。今日は一二月二五日であった。人生の不条理に、行き場のない憤りが込み上げてきた。

一晩中、激しい風が吹き荒れた。

二七日朝、カーテンを開けると、一望の雪景色であった。どうりで、辺りがシーンとしていた。歳晩の初雪である。

午後、肺活量の検査。気張らずに深呼吸を吹き込むと、一瞬、ビーンと針が振り切れた。アレ？と、女性の臨床検査技師が戸惑った。器械の故障と思ったらしい。「もう一度、お願いします」力んで吹き込むと、四五〇〇ミリリットルまでいった。私の年齢なら、ふつう三五〇〇程度である。筋肉体質になった。ジョギングの成果と、私は内心、得意満面だった。

体重は六〇・一キログラム、病院食で一キロ減った。一〇キロ減量の目標は達成した。胆汁色素ビリルビンも、正常値になった。朝食のあとに大福餅一個、夕食後一個を間食する食欲である。足馴らしに、病室内をグルグルと歩き回る。手術に備えて、体力づくりだ。私は、気分屋なのだ。

夕方、柴田が笑みを浮かべながら、「三〇日に退院です」と告げた。思わず相好を崩すと、「四日に戻ってきてください」と否応もない。仮釈放ですか、と冗談も萎んでいた。入れ代わりに、曽根が、「七日に造影剤の検査をします」と、スケジュールを伝える。

二九日、曽根は私の点滴中、優子に一月一〇日が手術日と念を押している。看護婦が、優子に準備するリストを渡す。手術の手配が、私の心情に関わりなく、ヒタヒタと進んでいる。不安、焦心、憂鬱……。

その夜、ナースステーションの電話に呼び出される。電話は、大場軍勝が亡くなったと告げた。東京の附属歯科専門学校の元事務長である。元陸軍大佐の彼は四〇歳も年長であったが、同校の創設から二〇年間、仕事を共にした。受話器を握る指が、白くなった。これでは、葬送に駆け付けられない。

外科の担当医たち

三〇日、朝の点滴の最中、『伝説の中原實』の初校の続きがドサリと届く。貴に荷物を持たせて、先に帰す。いつもより点滴の落ち方が遅い。優子とナースステーションに寄り、いそいそと退院する。

その足で、半月ぶりに歯学部長室にいく。秘書の中栄美栄子の温顔が、懐かしい。机上に書類が山積みだ。手つかずの封書を開けているうちに、留めが利かなくなる。気遣う中栄をよそに、片付けに没頭する。気がつくと一時間、さすがに疲れた。

次いで、校庭の芝生を踏みしめて、構内にある「医の博物館」に立ち寄る。非常勤講師と共に、展示品の模様替えに熱中する。そこで二時間、主治医には内緒だ。

昼過ぎ、一八日ぶりに帰宅する。真向かいの新築工事が、二階まで延びていた。あんぱん、ざるそば、焼いた帆立貝を食らう。そのままソファに爆睡する。醒めると、白米に卵納豆を二杯食する。胃にもたれるが、痛みはない。まるで娑婆（しゃば）にでた囚人である。

年末は、『伝説の中原實』の校正に費やした。難儀だが、手術を忘れる作業だった。

平成三年元旦。優子は賢を連れて、近くの護国神社へ初詣にいく。私の御神籤は小吉だったが、「病気は治る」とあった。

時折、鋭いバックペインに襲われ、ソファにのけ反る。親父が腹を切るというのに、貴も賢もテレビに大笑いだ。ブツブツと優子に愚痴ると、「貴も、賢も、心配していますよ」と軽くいなされた。まあ、そうだろうな。

優子に散髪してもらう。サッパリして四日夜、再入院。待ち兼ねたように、さっそく点滴である。めげずに、グルグルと室内歩行を再開する。

週末明けの七日、予定どおり造影検査なので、朝食抜きだった。所在なく窓辺に立つ。職員駐車場から、馴染みの教授が大股で校庭を横切っていく。学生時代より三〇年の付き合いだ。奴は、元気だなあ。カーテンの陰で、己れのひがみ根性が腹立たしい。

一階の外科外来に行く。初めて外科教授の池田仁の診察を受ける。彼は、内臓を図示して丁寧に説明した。「私の経験では、総胆管も手術する必要があると思います」胆嚢だけでは済まないのか、とガックリくる。一五分ほどで終わった。
病室に戻ると、背広に着替えた。一二時過ぎ、構内のレストランに教職員があふれてい
た。恒例の賀詞交歓会に、年頭所感を述べる。口が乾いて、舌が滑らない。A・S・リ
チャードソンが、「オメデトーゴザイマス」と乾杯の発声をした。カナダのブリティシュ・
コロンビア大学の客員教授である。
誰も、私の病気は問わない。一時間、テーブルのバイキング料理に指をくわえていた。
散会の流れのなか、五、六人のナースから明るい声が飛んできた。「センセー、私たちに
任せてくださーい」嬉しくて、「ハーイ、よろしくね」と跳ね返した。もう、俎の上の鯉
という心境だった。
そのあと、X線室で胆嚢の造影撮影に入る。曽根、柴田があわただしい。胃カメラを通
して、腹腔の奥まで圧迫される。苦しくて脂汗がでる。一〇分で終わったが、これが苦行
の始まりか。曽根が、「やり易かったですよ。ふつう三〇分は掛かります」と慰める。本
当かなあ。
車椅子にグッタリして病室に戻る。待っていた優子が、ソファから跳ね上がった。
休む間もなく、曽根が大封筒をもって滑り込んできた。私の顔に瑞々しいX線フィルム
をかざし、訥々と解説する。肥大した胆嚢が縮小した。石は残っているが、胆嚢内には見

えない。二週間の点滴漬けで、石が流れたのだ。「この分なら、胆嚢摘出だけで済みそうですよ」彼は、我が事のように嬉しそうだ。

次いで、柴田がフィルムの画像を確認し、内科の責任は果たしたと満足気だ。期せずして、右から左から繰り出す柴田・曽根の連係プレーは、巧みだった。「これなら、今すぐ手術をやってもらってもいいね」優子に軽口を叩いた。私は、お調子者なのだ。

そのあと、池田が大きな外科図譜をひろげた。分かり易く手術の方法を説明する。「胆嚢だけで済みそうですが、開けてみた状況で判断します」と。その状況判断が、外科医の力量なのだろう。胆嚢のみの摘出と総胆管も摘出とでは、どう違うのか？「池田先生」と私が問う前に、彼はパタンと本を閉じた。

点滴をしながら、遅い夕食を摂る。

翌朝、寒風を突く賢の足音がする。届け物を置くと、網入りのサッカーボールを振り振り走り去った。話をする暇もない。あとで優子に訴えた。「賢は、なんで、あんなに走るんだ？」「恥ずかしいんでしょ」と彼女は笑った。ふーん。

「今日から外科に代わります」金子が、ベッドのアームに取り付けたプレートを替えた。点滴のまま頭上を見ると、池田仁、岡村勝彦、森健次の三名が、上から順に並んでいた。教授が主治医なのか、と訝しく思った。責任者が定まらないのではないか？

附属医科病院長と外科科長を併任する池田は、五〇歳を越えた旺盛な外科医である。誇り高く、何事にもアクティブであった。それだけに自己主張が強い。癇性で、時に「事務屋の分際で生意気を言うな！」と一喝し、満座をシーンとさせることもあった。私は、彼に執刀してもらうことに迷いはなかった。

概して、外科系の医師は、手術の腕を〝神の手〟と自負する嫌いがある。その至上の自信が、個々の資性により、鬼手母心となる者と自らを神と錯覚する者に分かつ。誇りと驕りは、紙一重なのである。

午後は、手術前の準備に追われる。メニューは、出血時間測定のために採血、訓練器を用いて呼吸の練習、明朝のＰＳＰ尿テストの説明等々である。

担当医の助教授の岡村、助手の森が来室した。「胆嚢だけなら、一〇日で退院です」岡村は、落着いた口調で説く。「胆管でも、チューブを入れて活動できますから」と励ます。彼が、実質の主治医なのだろう。傍らから、森が朗らかに口を添える。

岡村は、三〇代後半のベテラン外科医である。のちに、当時、注目されはじめた腹腔鏡を用いた穴開け手術法を習得していたことを知った。症例によるが、開腹手術より侵襲が小さいので、患者の負担が少なく回復も早い。しかし、池田からは、腹腔鏡下手術の勧めはなかった。

三〇前後の森は、新潟大学医学部からの半年交代の出向であった。
来合わせた池田が、「彼は優秀ですから」と岡村を持ち上げた。「森君も将来を嘱望される人材です」と誉めそやした。岡村は無表情であったが、森はテレ笑いした。私は（一〇年の付き合いなので）、邪気のない池田の大仰には慣れていた。

夕方、看護婦が夕食を運んできた。見知らない顔だった。彼女は背を向けたまま、「先生、手術おやりになるんですか？」と聞く。「ええ、します」と答えた。沈黙があって、「ここでなさるんですか？」と問い返す。私は、妙なことを聞くと思いながら、他意なく「ええ、ここでやりますよ」と答えた。

「そうですか……」小さく、吐息が洩れたような気がした。彼女は、軽く黙礼して出ていった。

歯学部長の私が、他の病院で手術をうける訳にはいかない、転院など考えたこともなかった。振り返れば、それは驚怖する質問だった。彼女は間違いなく、何か言いたげであった。私に、深意を伝えたかったのだ。しかし、手術を前に高揚していたのだろう、私は、聞き流してしまった。

翌日は六時過ぎから、ＰＳＰ尿テストに二時間かかる。朝食の最中、賢がつむじ風のように来て、去った。

外科助教授の池田美紀子が来室した。五〇歳前後の麻酔科専門医である。三年前、彼女が勤める時、夫婦で同じ講座勤務を懸念する声があった。小病院に専任の麻酔科医を置けるのは有りがたい、と私は押し切った。沈着なベテラン麻酔科医、との評価があった。彼女は、当たり障りない口数ながら、念入りに患者の状態を診ている。手術する患者には、麻酔科医は心強い。

午後、剃毛。私の手術は、刻々と迫っていた。入浴、洗髪。一カ月ぶりの風呂に、全身が火照る。手術承諾書にサインすると、ようやく諦めの境地か、腹をくくる。

夜、高圧浣腸のあと、下剤と眠剤を飲んで寝る。明日は開腹手術、準備万端整ったか。

一〇日（木曜日）。早朝、熟眠から覚める。体調は十分だ。窓に、小雪が舞っている。昨夜から降ったり、止んだり……。二回目の浣腸をした。賢は、手術日であることを知っている。テレながら握手を交わした。頑張れよ、サッカー少年。

午後一時、患者搬送車に乗せられて、一階の手術室に向かう。廊下で、独り見送る優子に片手を振る。ベッドに主のいない病室は、妙に落着かない、彼女は一階に下りて、奥の手術室前で待っていた。金子が通りかかり、「こんな所にいないで、病室に行っててください」、と威丈高に咎めた。その剣幕に、居合わせた看護婦が顔を伏せた。

手術は、四〇分ほどで終わった。優子は、三階の外科教授室に呼ばれた。「奥さん、胆嚢、うまく取れましたよ」池田が甲高い声で、ニューとトレーを差し出した。切り開かれた赤い肉塊が、ヌルヌルと揺れていた。ホラと彼は、ピンセットで血膿を落とした嚢壁を広げた。勝ち誇ったように、高揚した物言いだった。嚢壁に数カ所、小さな四角い凹みがクッキリと見えた。優子は、思わず目を背けた。食い込んだ胆石の跡だった。池田の熱っぽい口吻が終わると、「わたし、付き添った方が良いでしょうか?」と尋ねた。彼は白けて、「どっちでもいいですよ」とにべもない……。

優子は、病室のソファに沈んでいた。今みた胆石の跡と、「我慢強い人ですね」と言った柴田の言葉を重ね合わせていた。その一方で、池田の昂ぶりに戸惑っていた。彼女は、彼のキャラクターを知らない。「奥さん、盲腸みたいなもんですから」手術前、たやすいオペを大言していた池田だった。彼なりの緊張があって、中原の執刀を済ませて、安堵したのだろう。

私が意識を回復したのは、病室のベッドの上であった。あとで、三時頃だったと聞く。枕元の優子は、慌てる素振りもない。意識回復の前から、彼女の声に反応していたようだ。麻酔の覚醒と意識の回復には、タイムラグがある。声が出ない。手指を泳がせて筆談を知らせた。優子の支えるメモ用紙に、「尿でてる？」と書きなぐった。彼女は一瞥して、「ちゃんと出てますよ」と声を寄せた。のちに見たが、みみずがのたくったような字だった。なぜ尿の出を問うたのか、分からない。

優子は、ベッドの脇に椅子を寄せた。「胆嚢を取るだけで済んだそうですよ」と力づける。私は、ウンウンと頷いた。しかし、手術後の患者とは、哀れなものである。轢かれた蛙のように、平らに仰臥したまま身動きもできない。それも、焼けたアスファルトの上の蛙だ。夕方、コーン、コーン、高い金属音に朦朧と覚める。ベッドの下から断続して、苛立たしく耳朶を打つ。優子が這いつくばって、ベッド下を捜し回る。別に、何も見つからない。絶え絶えに呻きつつ眠り込む。

深夜、悪夢に苦悶する。鬼が吼えるのだ。若い頃、パリのセーヌ河沿いに建つノートルダム大寺院を訪れた。その塔の屋根の八方に、大聖堂を守護する邪鬼の石像が、眼下遥かに美しく広がるパリ市街を睥睨(へいげい)していた。その邪鬼が、シャアーと炎を吹くように、次々と咆哮するのである。熱にうかされているのだ、という自覚はあった。優子は、夜通し、私の悪夢を追い払っていた。

翌朝、覚めると、熱も痛みも嘘のように去っていた。彼女は、私の回復に安んじている。薬罐が、チンチンと鳴っていた。間もなくして、私は、心底から苦笑いした。チンチンのあと、薬罐が勢いよくシュー、シューと吹き出したのだ。何のことはない――昨夜の金属音も咆哮も、薬罐の発する蒸気の音だった……。病いとは、恐ろしい。

一一日（金曜日）。午前一〇時、担当看護婦の小川むつみが、点滴を交換したあと、体温と脈を看た。体温三六・二度、脈拍六六。私は、「動くと傷口が痛みます」と、当たり前のことを訴えた。彼女は、相槌を打つと、胸から腹の脇に聴診器を当てた。万事に雑だが、術後は順調らしい。

午前一〇時半、池田（美）、岡村、森、担当看護婦の斉藤千春が、揃ってやって来た。池田（美）は術後状態を診て、麻酔が切れていることを確認した。傷口の疼痛は、少なかった。彼女は、念のため「痛み止めを打っておきましょう」と、独り言のように私に言い聞かせた。このあと痛くなるからか？　私は、従順な患者を守り通す。

入れ違いに、金子が上機嫌で現れた。優子は、洗濯室に出ていた。私を見下ろしながら、「いいことを教えて差しあげましょう」と慇懃（いんぎん）に説く。どうやら、起きる練習をさせるらしい。欧米では、手術の翌日に歩かせると聞いていた。

金子は、おもむろにベッドの足元に腰かけた。私の両方の二の腕を摑むと、いきなり強引に引き起こした。思わず、イタタタと悲鳴をあげた。抵抗する私を引き寄せながら、彼女は、「さあさあ、いい子でちゅねえ。いい子でちゅねえ」と幼児語であやしはじめた。

一瞬、耳を疑った。「痛くないでちゅよお。ハイハイ、大丈夫でちゅよお」彼女は、平然と繰り返した。な、な、何なんだ！　私は、幼児でも痴呆でもない。怒るより薄気味悪かった。

「無理です無理です」腹が裂けるような衝撃波に、金子の手を振り払った。「まだ無理ですよ」こんな乱暴が、術後の看護なのか。彼女は諦めて、だらしないと言いたげに出て行った。息も絶え絶えな患者に、優越感を覚えているようだった。私はしばらく、身をよじって呻吟していた。優子が、洗濯から戻ってきた。話しても、信じないだろう。私自身、五分前の場景が信じがたい……。

優子は、病室から自宅に電話した。留守を預かる母小池光子が出る。「もう大丈夫だから、わたし、これから帰ろうと思うんだけど……」

私は、トロトロ寝入ったらしく、ふと目を開けると、もう電話は切れていた。優子は、ソファに深々と座っている。「手術のあとが一番大切だから、泉さんに付いていてなさいって」と伝えた。

この世慣れた光子の一言で、優子は、病室に留まった。私たちの知らないところで、事態は、坦々と進行していた。

モルヒネ投与

私の記憶は、この辺から途切れている。

前後する。中原の術後診察をしたあと、池田（美）は、隣室のナースステーションに寄った。二〇二号室の担当看護婦のリーダーは、鈴木久美子である。池田（美）は、彼女に、「一一時に、キシロカイン四ミリリットルと、塩酸モルヒネ三ミリグラムを投与してください」、と口頭で指示した。そして同室から去った。

いつもどおり、術後の除痛をする投薬指示である。仕事が立て込んでいたが、鈴木は、その指示を忘れなかった。定刻の一一時近くなって、池田（美）の指示を担当の小川に口頭で伝達した。（この時、鈴木が、モルヒネ三mgと伝えたかどうかは分からない）

小川は、卒業後に研修一年、医科病院一年の臨床経験二年足らずである。又聞きによる口頭指示をうけた彼女は、金庫から麻薬ケースを取り出した。麻薬ケースは、朝に薬剤科から運ばれ、ナースステーションの金庫に入れ、夕方に薬剤科に戻される。

塩酸モルヒネは、鎮痛・麻酔補助薬として用いる麻薬である。腹部等の術後鎮痛のための硬膜外投与では、ふつう一回二〜三ミリグラムが用いられる。

小川は、一一時に間に合わせるために急いだ。別に、慣れない作業ではない。いつもどおり一人で、塩酸モルヒネのアンプル三本を注射器に吸入した。

そして彼女は、ケースに備えてある麻薬使用簿に、「中原泉、平成3年1月11日11：00、3㎖」と記載した。同使用簿は、塩酸モルヒネ専用のノートである。一ページ三〇行の使用量の欄には、「A」と「㎖」の二つの略語が記されている。Aはアンプルの略で、1Aは1㎖である。奇妙なことに、麻酔科医が指示した㎎という単位は、麻薬使用簿にはない。

午前一一時、小川は二〇二号室へ行った。苦もなく、中原の持続硬膜外カテーテルに、キシロカイン四ミリリットルとモルヒネ三ミリリットルを注入した。

ナースステーションに戻ると、彼女は看護記録に記した。「11時、EP注入、1％キシロカイン4㎖、㊖塩酸モルヒネ3㎖」。㎖という用量の略語を、少しも疑っていない。

そのあと、同僚の看護婦坂井とも子が指摘した。「モルヒネの量が多すぎるんじゃないの？」小川は、書き間違いかと、いったん訂正線を引いた。しかし、やはり注射量に間違いはないと、その下段に再び三㎖と記入した。彼女は、あくまで㎖という認識だった。しかし坂井は、㎎と認識していたのだ。同じナースの間で、二つの略語が混用されていた。

一一時三〇分、小川は見回る。彼女を見て、中原は病状を伝えた。「傷口の痛みはなくなりました。やっと楽になりました」不快な気分は、無いようだった。大人しい患者だ。

一二時一〇分、優子は、薬剤科に勤める姉の下村景子と、手弁当を共にしていた。「顔色が白いわね」と、景子は顔を曇らせた。優子が声を掛けると、中原は目をつぶったまま、オーと応えた。心持ち手が震え、呼吸が浅いようだった。

一二時一五分、岡村が来た。「奥さん、いかがですか?」と尋ねながら、患者の方を診ていた。二、三言話しかけると、中原らしくない鈍い応答だった。あきらかに、呼吸数が減っている。だが、岡村は、そのまま急ぎ足で出ていった。彼は、患者の初期の異常を見落とした。これが医療者側の第一のミスであった。

「泉さん、具合悪そう」景子は、早々に弁当を仕舞った。優子は、呼吸の浅いのが気になっていた。「あなた、深呼吸してください」耳に寄せて、幾度も繰り返した。中原は、促されると、素直に息を継いだ。

午後一時五〇分、小川が見回る。中原は眠っていたが、呼吸が弱々しい。深呼吸を促すと、吸気の入りは良い。爪は白っぽいが、冷感やチアノーゼはない。

午後二時一五分、眠っているが、小川が名を呼ぶと、薄目を開く。「吐き気がします」と訴える。爪は白いが、手指や足背に冷感はない。優子は、ベッド脇に両膝をついて、深呼吸を促し続ける……彼の肺活量は、四五〇〇だ。

午後二時三〇分、まだ吐き気がすると訴えるので、優子は小川を呼ぶ。ウトウトしている。問うと、「すこし吐き気がします」と弱々しい。創痛はなく、腹部膨満はなく、腹部は柔らかい。小川は、嘔吐を用心して、左側臥位にする。

にわかに爪が紫色になり、手の平にチアノーゼがでた。とくに、左の手の平に強い。優子は、両手に中原の左手を包んで、皮膚マッサージをする。深呼吸の声も掛け続けた。

胃管チューブを抜去したため、吐き気を催すのではないか。小川は、その判断を鈴木に報告したが、彼女は患者を看ていない。小川は、ナースステーションから、医局の森に病状を説明した。森は電話口で、吐き気があるなら「ナウゼリン一Pをやっておけよ」と指示した。吐き気止めである。彼は、ベッドサイドで患者を診ずに、電話指示で済ませるという禁を破った。

午後三時一〇分、体温三七・三度、脈拍八四。明らかに、午前中より体調は悪くなっている。ここで、妙だと誰も気付かない。「座薬を入れます」と告げると、中原は目を開けハイと答えた。自分から横向きになった。小川は、ナウゼリン六〇ミリグラムを挿入する。

午後三時一五分、賢が、室をでる小川と鉢合わせした。彼女は、上の空だった。手術明けを止められていた賢は、午後三時に下校するや一目散に走ってきた。いつもの朝ではなく、午後のこの時間だった。

賢を見るなり優子は、「パパ、賢ですよ!」と腕を揺すって呼び起こした。中原は顔面蒼白、グラリと上半身がベッド際に揺らいだ。

その異様を見て、「起こさなくていいよ! いいよ!」と、賢が悲鳴をあげた。「パパ、変だよ！　変だよ！」泣き出しそうに、優子に訴えた。彼は、子供が居てはいけないと直感した。「ボク、帰る！」と、ドアから飛び出した。

優子は、ハッと我に返った。パパが、賢に関心を示さない！　血の気が引いた。ナースコールを押して、叫んだ。「変なんです！　すぐ来てください！」体内を侵しつづけた毒素が、猛々しく体表に牙を剥いた。彼女の目の前で、はだけた皮膚がみるみる青黒く変色した。両目がドロンと垂れた。全身チアノーゼだ。

修羅場の病室

ナースコールは、鈴木が受けた。彼女は、小川を呼び、様子見を指示した。付き添う妻の急報を、空騒ぎとみたのだ。医療者側の第二のミスであった。

しかし、看ていた小川は、不安に捕われていた。オロオロして、上位の斉藤に同行を求めた。そして小走りで病室に急いだ。斉藤は、急きもせずに従いていく。彼女らには、到底ありえない、信じがたい瞬間が待っていた。

病室は、恐ろしい事態に陥っていた。

患者は全身、真黒になっていた。小川は仰天し、ベッドの端に竦み上がった。斉藤は、身を泳がせてベッド脇に膝をついた。ベッドから垂れた腕を取って、ノロノロと脈を診た。

血圧計のマンシェットを巻こうとするが、震えて計れない。そんな脈や血圧は、救命にならない。

そこへ、森がセカセカと入ってきた。途端、電気に打たれたようにのけ反り、脳内が真白に飛び散った。

それでも、斉藤は、必死に中原を横向かせて、痰を吸引しようとしていた。痰は出ない。泥のように重い。その身体は、彼女の両腕からダラリとずれ落ちた。瞳孔は散大し、夥しい紫藍の斑点が皮膚を被い尽くしている。呼吸は、停止していた。死んでいる……斉藤は、へなへなと床に崩れた。

優子は、息を呑んで凝視していた。「いいですね！」と斉藤に叫ぶなり、ガバッとベッドに身を躍らせ、スカートのまま、包帯した中原の腹部に片膝乗りになった。両手を重ねて、胸元を力一杯、マッサージした。

「先生を呼びなさい！」看護婦に叫んだ。二人とも動けない。優子は、両腕を上下させ、胸骨が折れんばかりに心マを繰り返した。森は、戸口に棒立ちだ。

「先生を呼びなさい！」振り向きざまに、硬直した小川を怒鳴りつけた。その時、廊下に、修羅場を眺めている金子が見えた。「婦長！何をしているんですか！」優子は、張り裂けんばかりに絶叫した。「教授はどうしたんですか！　すぐ呼びなさい！」

金子は、木偶のように立ち尽くしたままだ。廊下から遠見しただけで、死んでいると速断したのだ。「教授を呼びなさい！」あの婦長が、驚愕のあまり正気を失っていた。

「教授を呼べ！」

三度、怒鳴られて、金子は、腑抜けたように歩いていった。婦長が救命の現場を離れて、自ら池田を呼びに行ったのだ。付添いに命じられるまま、ヨロヨロと階段を上った。

この婦長の対応が、事態を極限に落とし入れた。これが医療者側の第三のミスであった。外科教授室は、閉まっていた。そのあとも、常軌を逸した金子の奇行はつづく。不在と知ると、三階の廊下を意味なくウロウロと捜した。そのままナースステーションに戻る。二〇二号室には、瀕死の患者を前に、動転した役立たずの三人がいるだけだ。金子は、控えのナースたちに、応援を指示することもしない。彼女たちには、何が起こったのか分からない。肝心の司令塔が、壊れてしまったのだ。

しばらく思案後、金子は、大場事務部長に電話した。あいにく席を外していた。彼女は、彼に教授の所在を尋ねようとしたのだ。ボーと受話器を置くと、思い直したように出ていった。

「先生ッ、何してるんですか！」病室では、優子が髪を振り乱し、森を叱咤していた。彼は、両手を前に揺らしながら、操り人形のように歩き回っている。優子には、信じがたい外科医の姿態だった。「先生ッ、助けてください！」彼女は、絶望に声を嗄らした。

さすがに、異状を察したナースたちは、手分けして医師を捜す。折り悪しく、主治医、担当医、麻酔科医の三人とも不在であった（のちに知るが、池田と岡村は、他の病院に手術のアルバイトに出掛けていた）

外科の秘書に行先を聞いて、大学近くの郵便局に電話した。ようやく、池田（美）に繋がった。

金子は、再び三階へ上っていた。今度は、外科教授室の手前の内科助教授室のドアを開けた。焦点は、定まっていない。振り返る曽根に、「患者の呼吸が止まっています」と告げた。

この間、優子は凄絶、独り死物狂いで救命を続けていた。「生きて！　生きて！」と口走った。夜叉さながらに片膝を乗せたまま上半身をのけ反り、その勢いで激しく俯せ、細腕を胸部に圧し続けた。仰向いた中原の首は、ガクン、ガクンと右、左に揺れた。

主婦の優子は、心肺蘇生法など習ったこともない。いつか、テレビで見たような気がする。そんな見様見真似の心臓マッサージであった。

中原は、五〇にあと一カ月の、戦中派とは言えない四九歳。その肉体は、四時間かけて、ゆるゆると死の淵に引き寄せられていた。もはや、死の寸前であった。夫の死を前に、優子の絶望の時間は長かった。

その時、二本の太い腕が、汗に塗れた優子の脇に滑り込んできた。内科の曽根だった。彼女は、胸部の上からベッドの外へ、ズルズルと滑り落ちた。この時、初めて医師による救命処置が始まった。午後三時三〇分、賢の叫びから一五分後であった。だが、優子の恐ろしい時間は、終わらない。

交代した曽根は、力強い心マを反復する。低酸素血症は、全身が静脈血の状態になる。しかし、中原の死相は、悪化していなかった。肺への換気が途絶えた時間が、短ったのだ。優子の胸郭圧迫により、僅かながら酸素の供給が保たれていたのだ。

まず、気道確保と酸素投与だ。

途中、曽根が指示したのだろう、鈴木らが救急カートを持ち込む。彼は、下顎を挙上させて気道を開くと、迅速にアンビューバッグを取った。再呼吸防止弁付きの自動膨張式バッグである。マスクで鼻口を覆うと、片手でバッグをゆっくり加圧した。空気が、気道から肺へ吹き込まれていく。空気には、二一パーセントの酸素が含まれている。肺内が、急速に換気されていく。彼は、加圧を反復する。呼名に、反応はない。

「あなた、気力ですよ！　あなたは、中原實の息子でしょ！　気力ですよ！」優子は、蘇生マスクの耳元に叫び続けた。中原は、父親の背を見て育った。彼女は、それを知っていた。「中原實の息子ですよ！　あなた！」

曽根は、アンビュー加圧から気管挿管に代える。もっとも確実な気道確保法で、調節呼吸が容易にできる。気管挿管により気道（喉頭）と食道（消化器）を分離できるので、挿管後は逆流する胃内容物の誤嚥を防止できる。中原の紫色の口をこじ開けて、鳶口のような喉頭鏡の照明ブレードを口腔内に挿入する。

「オイ、手伝えよ！」と森を叱責した。ビクンと跳ね、彼は、辛うじて患者に手を添えた。気管挿管は、熟練を要する。とくに緊急時、誤って食道挿管すれば、進行する低酸素血症は、数十秒から数分で患者を死に至らしめる。

曽根は、喉頭鏡を巧みに操作して喉頭を延べ広げ、声門を直視して、気管内へ注意深くチューブを挿入する。そのチューブにバッグを繋いで加圧し、左右の肺野を聴診して挿管が片側になっていないことを確認する。そしてカフに適度の空気を入れる。テープでチューブを口角部に固定したあと、レスピレーター（人工呼吸器）に繋ぐ。純酸素が、気流となってサーッと両肺に送り込まれていった。

生死のせめぎ合い

ここに、池田（美）が、息せき切って走り込んできた。外出着のままだった。郵便局から戻るにしては、遅かった。患者を一目して、血相が変わった。ありえない危機が迫っていた。

「ナロキソン！」と叫びながら、上腕に圧迫ゴムを締める。前腕に静脈路を捜すが、血圧が低下して確保できない。一刻を争う。前腕をバシバシと叩いて、静脈路を見い出す。ようようナロキソン一アンプルを静脈内注射した。

塩酸ナロキソンは、麻薬拮抗薬である。塩酸モルヒネによる呼吸抑制を改善する。ふつう一回一アンプル〇・二ミリグラムを緩徐に静注する。彼女は、この時点で、アクシデントの原因が塩酸モルヒネである、と認識していたのだ。

ベッドから離れた優子は、うわ言のように呟いていた。「こんなに早く別れがくるとは思わなかった……もっと、もっと大切にしてあげれば良かった……」こんな死に方をされては、悔やんでも悔やみ切れない。彼女は、団塊の世代の四三歳、結婚二〇年足らずであった。

静注では、ふつう二〇秒ほどで薬効がでる。再度、池田（美）は、ナロキソンを静注した。まだ足りない。焦って、彼女は、次々に三アンプルを打った。一度に、通常の四倍を打ったのだ。

午後三時五〇分、ナロキソンを静注して数分、全身の体色はまだ不良だ。呼び声に開眼した。「気持悪いですか?」問い掛けに頷いた。吐気が止まぬようで、少し嘔吐した。ようやく斉藤、小川がモソモソと手伝いはじめた。左鼻腔にチューブを通し、多量の分泌物を吸引した。悪寒に身震いしている。「寒いですか?」軽く頷く。全身を電気毛布に包んだ。

優子は、独り呟きながら、彼らの所作から目を離さない。先刻より救命に伴うリスクに、恐怖していた。両拳を握りしめて詰問した。「そんなに注射して、大丈夫なんですか?」池田(美)は、背を向けたまま答えない。ひるまず、優子は、食い下がる。「これぐらいの量では、七〇の年寄りでも何でもないですよ」正気に返った森が、うるさげに代弁した。副作用より救命が優先だろう、と言下に斥けていた。優子は、彼の無神経に寒心した。素人にも、ふつうの何倍も注射したことは分かる。副作用に恐怖するのは、当然だ。

彼女は、正気を失ってはいない。パニックの中にあって、心の底は、冷静に客観していた。柴田が、アタフタと駆け込んできた。信じがたい事態に、愕然となる。一目して、医療事故と察知した。ベッドを囲む池田(美)、曽根らの後から覗き込み、首を振って痛嘆した。彼は、焦燥を抑えかね、病室内を熊のように歩き回る。

午後四時、人為に吹き込まれた酸素が、中原の停止した呼吸機能を蘇生させた。だが、彼の肉体では、モルヒネとナロキソンが拮抗し、生と死のせめぎ合いを続けていた。死線をさ迷っている。

午後四時一〇分、心持ち、体色が和らぎ、チアノーゼが褪色しつつあるように見えた。すると、全身の皮膚から一斉に冷たい汗が滲み出て、あふれるように体表を滴り落ちた。濡れた布や包帯に、みるみる染みが広がった。尿道に繋げた尿管カテーテル内に、色濃い尿が勢いよく通る。チューブの先端から、床の尿瓶に絶え間なく流れ落ちた。解毒された排水である。

この時、私は幽明の境から、闇の中を急進して、現世に浮上したらしい。場面は、冒頭にフラッシュ・バックする。

「あッ、大丈夫……大丈夫だ！」

覗き込んだ柴田が叫んだ。ワッと全員の眼が、患者の顔に注がれた。彼は、自ら確信するように、「大丈夫だ！」と喉を震わせた。危機は脱した――病室内に、言葉にならない声が響いた。

「あなた！」優子が絶叫し、中原の腕に取り縋った。彼は、ゆったり、汗塗れの顔を向け、落ち窪んだ目で彼女を見上げた。その両眼に、ゆるゆると生気が甦えっていた。

「賢と貴を、呼びますか？」優子の悲痛に、朦朧とする。「呼びますか？」いつもの優しい声と違う。なぜ、子供たちを呼ぶんだろう？　私は、否々と首を振ったらしい。「ハイ、分かりました」と優子の声が、上下に揺れた。

病室内は、しばし虚脱状態であった。

そこへ、池田がセカセカと入ってきた。突発から、約一時間経っていた。事は、終わっていた。彼は、白けた空気を振り切って、患者を診ようとした。

「池田先生、どこへ行ってたんですか！」枕元から、優子の激しい叱責が飛んだ。その険悪に、池田はたじろいだ。心外そうに胸の聴診器を握り締め、主治医の面目を保とうとした。彼は、何が起こったのか、知らない。どうしたんだ？と妻に目配せするが、池田（美）は目を合わさない。その両眼は、まだ宙を浮いていた。

「婦長はどこですか！」

優子は、全員に問い質した。夫の死の瀬戸際にあって、彼女は、憤怒を抑え切れなかった。「なぜ、婦長がいないんですか？」誰も、答えられない。その時、ベッドから中原の片手が揺れ、彼女を制しようとしていた。そんな悪口を言っては、いけないよ。

それを見た池田（美）の瞳に、光明が走った。脳にダメージはない！　呼吸停止して、脳への血流が五分間途絶えると、脳細胞は不可逆的に障害される。酸素は、かろうじて送られていたのだ。

「奥さん、あちらで事情を聞かせてください」柴田が気を利かせて、優子を連れ出した。患者の妻の逆上を宥めようとしたのだ。三階の内科教授室のソファに座らせた。二、三言問いかけたあと、彼女を残して病室に引き返した。数分して、優子も戻る。途中、ナースステーションに待機していた大場が、駆け寄った。もう駄目かもしれない、と告げた。以前の健在は望めない――彼女の恐怖と疑心は、安んじることはなかった。

午後四時三〇分、中原は、気管チューブを入れたまま、眠っていた。脈拍八四、血圧一四二／九四、自発呼吸をしている。チアノーゼはかなり薄れ、明色が戻る。爪は、まだ暗紫色だ。病室には、池田、池田（美）、森、柴田、加藤、鈴木、斉藤、小川が集まっていた。岡村、金子はいない。

「奥さん」池田が、「大事を取って、ＩＣＵに移しますから」と、鈴木に指示した。患者の妻が、意表に出た。「どなたも信用できませんから、わたしがここで看ます」思いがけない反抗に、池田は紅潮した。「奥さん、集中治療室の方が安心ですから」彼は、有無を言わせぬ口調で圧伏しようとした。「いいえ、私が看ます」優子は、頑として譲らない。皆、困惑し沈黙していた。彼女は、病室内の孤独に冷えた。

「主人のためです。よろしいでしょ?」優子の気迫が、池田（美）に向いた。今、中原の傍らを離れる訳にはいかない。気圧されて、池田（美）は、やむなく「ここでやれるでしょう」と折れた。池田は、渋々、素人の無謀を認めた。鈴木は、不服に眉を吊り上げた。夫を守りたい——優子の思いは、それだけだった。そのために病院内で孤立するとは、思いも及ばなかった。

「それじゃあ、奥さん」池田は、寛容に「一番いい看護婦を付けますから」と約した。そのあと、緊張が解けたのだろう、彼はニヤニヤ顔を崩しながら出ていった。優子には、理解しがたい表情だった。

鈴木らは、ナースステーションに戻った。「あの奥さんが、看病するんですって」鈴木が、皆に不平を洩らした。彼女は、患者の妻が抵抗した理由を知らない。居合わせた二、三人が、「どうして?」と怪訝そうに振り向いた。斉藤、小川は気まずく、顔を伏せたままだ。室内には、冷ややかな空気が流れた。少なからず、ナースの自尊心を傷つけたのだ。金子は、一階の婦長室にこもった切り、出てこない。

麻酔科医と外科科長

日勤明けの小川は、ヨレヨレのまま帰宅した。彼女には、初めて体験したパニックだったろう。

斉藤は、休む間もなく「看護記録」に向かった。午後三時一〇分までは、小川が記載していた。

観察欄「15：20、N-C、妻より様子がおかしいと……顔面、口唇色そう白、半開眼。BP154／90㎜Hg、R抑制→R停止（?-）、全身冷感、爪色ややチアノーゼ。呼名にて半開眼をみひらくが、焦点が定まらず」N-Cはナースコール、BPは血圧、Rは呼吸である。

午後三時二〇分の時点では、患者はまだ危機的容態ではなかったのか。チアノーゼは、爪に少し見られる程度だったのか。呼吸停止には、?-が付けてある。血圧はキチンと計られているのに、呼吸の状態は確認できなかったのか？

処置欄には、次のとおり記した。「ヘッドギャッヂdown、肩枕挿入、吸引。Dr連絡依頼、(妻、しきりに心マッサージ始める)、救急カート用意」医師をナースコールして、呼ばれたのが先着した森であった。処置は機敏に行われ、救急カートも早々に用意されている。だが、記載にもあるように、病室で付添いが心マする、という前代未聞の事態に陥っていたのだ。

観察欄は、「再度の呼名にて反応なし。口腔鼻腔吸引にて、サラサラしたもの少量㊉」と続く。その一方、処置欄には「アンビュー加圧」とある。観察欄と処置欄が、明らかに整合しない。バッグによる人工呼吸は、看護婦が当たったように読める。

「観察欄15：40、意識㊉、挿管時体動㊉、自発R㊀、閉眼状態、四肢冷感㊉、爪色チアノーゼ㊉。BP160／110㎜Hg、P90台（緊張良好）」Pは脈拍。

処置欄「挿管（Dr森）（挿管チューブ8Fr）」Frはサイズ。

観察欄を読む限り、患者が瀕死の容態にあるとは見えない。一方では、気管挿管という切迫した救命処置が為されている。その挿管は、森がしたという。両欄の間には、著しい矛盾と乖離がある。錯乱覚めやらぬ事後、書き落としや思い違いもあったろう。しかし、看護記録には、忘れるはずのない曽根の存在は、一行も記されていない。

その看護婦は、投げ遣りであった。

急遽、二〇二号室を命じられて、不満と反感を隠そうとしなかった。大事な私用があったらしい。優子は、枕元に添ったまま、「お帰りになっても、いいですよ」と臆断した。

池田の保証した〝一番いい看護婦〟は、不貞腐れて出ていった。しばらくして斉藤。あたふたと「私がやります」と言いに来た。看護は、放棄できない。婦長のいないナースステーションで、相当の遣り取りがあったのだろう。責任を感じたとはいえ、斉藤にとっては、心身ともに辛い夜の勤めである。

午後五時一五分、全身のチアノーゼは、ほぼ回復した。身体が温かくなってきた。気管挿管が外され、酸素マスクに代わった。「頭は痛くありませんか？」池田（美）の問い掛けに開眼し、頭痛と耳鳴りがすると応答した。彼女は、優子に向けて、「眠っていないせいでしょう」と訴えを逸らした。

これから後、中原は、外科の四人組に巡り合わせた不運を、思い知らされることになる。患者が目を閉じると、池田（美）は、ベッド脇の優子をソファに導いた。「奥さんがいてくださって、本当に良かった」と吐露した。手術中にはしばしばあることだが、病室で起こったのが問題だと説明した。「でも、チアノーゼという状態ではなかったんですよ」

優子は、その言葉に不審を直感した。チアノーゼとは、低酸素症で皮膚が紫藍調を呈した状態を言う。池田（美）が駆けつけた時、酸素吸入はされていたが、中原はまだ真黒だった。彼女は、優子を諭して、できるだけ事態を穏便に収めようとしている。患者の妻の受けた衝撃を推し量る心情に欠けていた。

高揚覚めやらぬまま、池田（美）は、衒（てら）いもなく自賛した。「こういう時には、麻酔科医が一番役に立つんですよ」結局、私が助けた、という自負が言わせたのだろう。先行の内科医の功を退ける意図が、透けて見えた。彼女には、患者の救命を誇示する愚かを自覚する心情に欠けていた。

帰り際、池田（美）は、「頭痛はどうですか？」と重ねて問うた。優子は、彼女が低酸素による脳障害を懸念している、と察した。

午後五時半、私は、再び眠りから覚めた。あの覚醒後の記憶は、明瞭だった。優子が心マをした――一体、私の身に何が起こったのか。それを知りたい。喉が苦しくて、筆談を急かした。「ようす話せ」

私の主導に、優子は、事実を伝えられる、と安堵した。枕元に顔を寄せ、耳元で囁くように、私の知らない顚末を諄々と話し始めた。全身に発汗が続いて、悪寒がやまない。途中、私は、耳を疑った。唖然として、しばし思考回路を見失った。平日の、確か金曜日の午後、病院内……再度、憤怒が喉を痛撃した。「ここは海水浴場ではない、病院じゃないか！」

優子は、絶え間なく流れでる汗を拭っていた。タオルが、じきに重くなった。私が落ち着くのを待って、「パパが変だよって、賢が教えてくれたのよ」と告げた。エッ、賢が来ていたのか。私は、自分の病気を恨んだ。恐かったろう、可哀想な目に会わせてしまった。

そこへ、疲れ切った斉藤が入ってきた。私の顔の酸素マスクを外し、鼻孔チューブを抜く。ナロキソン二アンプルを追加静注した。マスクが取れた分、楽になった。

中断された会話は、賢への電話である。

六時の夕食の最中であった。「賢、パパは大丈夫よ。すぐに元気になるからね」両手で受話器を覆った優子の声が、止まった。受話器の向こうで、咽び泣いている。病院から走り帰って、貴や光子にも言わず、独りじっと耐えていたらしい。「パパは元気だからね……まだ電話には出られないけれど、パパは大丈夫よ。パパは元気よ」優子は賢に、優しく繰り返した。

私は、甲高い声に覚めた。

「奥さん、死には三段階あるんです。そんなに危ない状態には、いってなかったんですよ」池田が、優子に熱弁を振るっていた。彼が駆けつけた時には、私は意識を回復していた。優子が、私の懐疑を代弁した。「でも先生は、一番ひどい時を見ていないではありませんか」

反問に池田は、タジタジとなった。患者がどんな容態に陥ったか、素人とはいえ現場にいた者が詳しい。プロが、素人を騙してはいけない。

私が寝入っている、と気を許したのだろう。池田は苦笑いしながら、「いやあ、周りがあまり騒いだので、患者が恐がって、酸素不足になったんでしょう」と言い抜ける。彼は、ぬけぬけと厚顔を現していた。オイ、池田さん、それはないだろう！ 彼は、患者の最悪の容態を認識していない。主治医として事態を把握していない。ひたすら、素人を言いくるめようとしている。

詭弁だ。私は、痛憤のあまり息が途切れた。患者は哀れなものである、自己主張もできない。池田さん、オレは聞こえているんだよ！

ベッドの気配を感じたらしい。「もう心配ありません。二度とこんなことは起きませんから」そう言い残して、池田は、ソサクサと出ていった。当り前だ！　私は、その品性の卑しさに震えた。彼は、私という患者の信望を失ったことに気付かない。

指でメモ用紙を促した。優子は、スイと私の左利きの手にボールペンを握らせた。数カ月後、改めてメモを見たのだが、正真、揺れる字で「今こそ人の魂が試されるとき」と記してあった。出来過ぎか。

耳慣れない音に覚めた。誰かが、鼾をかいている。ソファに転(うた)た寝した優子だ。初めて聞く激しい鼾だった。気丈に振る舞っていた彼女だが、疲労困憊(こんぱい)していた。斉藤が様子見にきたので、起こそうとしたが、止めた。優子、眠ってくれ。

ふと覚めると、ソファの辺りが妙に白々している。短い眠りだったようで、優子は、もう起きていた。彼女の周りに、大小の星がキラキラと点滅している。まるで後光のようだ。思わず、優子、どうしたの？　と顔を上げた。彼女自身が、美しい輝きの中にいた。全身からピカピカと神気が放射されていた。自分の身体の変化には気付かず、彼女は、音をたてぬように片付けをしている。

あの極限を超えたストレスが、生体に異常にアドレナリンを放出したのだ。アドレナリンは副腎髄質で生合成されるホルモンで、ストレスなどにより過剰に分泌される。夢現(ゆめうつつ)ではない――こういう現象があるのだ、と驚嘆した。初めて見る優子の姿だった。ベッドから仰ぐ彼女は、真実、女神のように神々しかった。

ピンク色の爪

午後七時、頭痛、耳鳴りと目眩が強まってきた。頸部から顔面に浮腫がある。体温三七・四度。悪寒は止まず、夥しい汗が流れる。池田（美）の指示で、さらにナロキソン三アンプルが静注される。まだ毒素が残っているのか。これで、九アンプルも注入したことになる。ナロキソンの持続時間が短いのだろう。

午後八時、耳鳴りと目眩は、だいぶ消えた。頭痛は止まず、体温は下がらず、悪寒と発汗が続く。水枕に加えて、両脇の下にクーリング（氷嚢）を差し入れる。

午後九時、悪寒が強まり、歯のかち合う音が止まない。優子が斉藤を手伝って、タオルで全身を拭き、再び電気毛布にくるむ。彼女が光輪のように眩しい。

このころ、両池田は、揃って帰宅した。のちに、曽根が、万一に備えて遅くまで待機していたと聞いた。

午後一〇時、悪寒は去ったが、熱が三七・五度にあがる。多量の汗が、電気毛布まで濡らす。

午後一一時、トロトロと寝、トロンと覚め、知らぬ間に眠る。醒めても、すぐに抗し切れない眠気を催す。音もなく無数の星を爆ぜる優子。明るいと訴える。消灯する。

午前零時、一時間ほど眠ったらしい。暗闇に輝くソファの優子を眺める。眠れたよ。動くと、首筋から汗が滴る。悪寒は軽くなるが、発汗は変わらない。ナロキソン一アンプルが、追加静注される。電気毛布を外す。水枕とクーリングを交換する。私は、準夜勤の斉藤が、別の看護婦と交代したことに気付かない。

暗中、聞き慣れぬ物音に覚める。誰かが、ベッドの手摺を指で探りながら、徐々に枕元へ辿ってくる。ゴソゴソと手摺から、暗闇に私の手を捜す。指先に触れると、今度は手から腕へ、柔い指がピアノの鍵盤を叩くように移動してくる。優子だ。肩までくると小休止、方向を見定めている様子だ。

次に手探りは、首から頬へ這いのぼってきた。優ちゃん、くすぐったいよ。私は、思わず笑ってしまった。見えない彼女の動作が、可笑しかったのだ。

彼女の指が、私の鼻口を探り当てた。「大丈夫ね?」真剣な息遣いが聞こえた。私の息が、止まっているのではないか。闇のソファに居て、忍び寄る恐怖に襲われたのだろう。

私は、幾度も頷いて、生きている、と知らせた。

午前二時半、一時間ほど眠ったらしい。看護婦の見回りに、「楽になりました」と伝える。まだ、斉藤さん、と思っている。

不意に、覚める。顔を照らされていた。優子が、懐中電燈をかざしている。指で蓋して加減しているのだが、やたら眩しい。どうやら、私の顔色を確認したかったらしい。瞼をしばたくと、パチンと電燈を消した。私は寝たふりをしていた。優子、もう大丈夫だよ、休んでおくれ。

今度は、足元のベッド下に点る小さな燈りで尿管チューブを照らし、一心に尿の出を見ているらしい。術後、メモ用紙に躍らせた私の質問を思い出したのか。その作業は、三〇分ほどの間隔で、明け方まで続いた。

まだ仄暗い午前五時、「いかがですか?」と看護婦の声。喉を挙げて「まあまあです」と応えた。鈍い痛みが、頭頂部に残っている。「担当になりました高橋です」物静かに自己紹介されて、私は、ナースが交代していたことに気付く。あとで、高橋文子と聞く。「よろしくお願いします」と丁寧に返す。まだ、良い患者を気取っている。

入れ代わりに、優子の屈託ない笑顔が覗いた。アレ! 元の優子に戻っている。発光体の優子は、消えていた。一夜のうちに、アドレナリンは消退したのだ。そうか……。ゆうべの女神の出現は、誰にも言うまい。どうせ惚気話(のろけ)、と誰も信じないだろう。しかし、私の瞼には、極彩色の彼女が鮮やかに残っている。

片手を挙げて、優子に、Vサインを見せた。

一二日（土曜日）午前八時。朝食を運ぶカートが、カタカタと鳴る。廊下がにぎやかになってきた。体温三七度、血圧一一〇／七二。頭頂部の鈍痛は残り、時々、左耳に雑音が過ぎる。「今朝、おなかのガスがでました」と、高橋に伝えた。彼女は、優子に術後のガスの意味を説き、親しく会話を交わす。

そのあと、優子が、ベッド脇に両膝をついて、私の手を握った。指をさすりながら、しみじみと呟いた。

「爪がピンク色になっている……」

賢の叫び以来、彼女が心底から安堵できた瞬間であった。

午前九時過ぎ、池田（美）は、普段と変わりなく平静である。昨日のことには、触れない。一通り診たあと、高橋に「ＥＰ、もう取りましょう」と促した。彼女は、横になりますから、と私をゆっくり横向かせた。その背中から、池田（美）は、カテーテルを抜いた。手術時から、持続硬膜外注射用の細いカテーテルが、留置してあったのだ。丸二日間、背には何の違和感も感じなかった。私は、何か騙されたような気分になった。

夜勤明けで、高橋は交代した。

午前十時過ぎ。「いかがですかあ」池田は、快活に振る舞うが、どこか芝居がかっている。腹部の創傷を診ながら、気が引けていたのか、「昨夜は、心配ないので帰って寝ました」と言い訳した。昨日のことには、触れない。私は、夫婦で申し合わせているのか、と邪推する。天井を仰いだまま憮然としていた。ひとたび点じた医師への不信と疑心は、消しようがない。

交代の看護婦は、口数少なく、どこかよそよそしい。優子を避けている。指で合図して、「高橋さんは?」と聞いた。優子は小声で、月曜日の朝から来ます、と彼女の言伝てを教えた。高橋さんは、日勤なのだ。昨夜の夜勤は、見兼ねて、彼女から申し出たのだろう。

夕方、妙な気配を感じた。優子が、ベッド脇に凝立している。

廊下に、金子が悄然と立っていた。

か細く、「申し訳ありませんでした」と首を垂れた。あの気位高い婦長が、憔悴していた。彼女の人生で、初めて知った己れの不様であったに違いない。

優子に支えられて、上半身を起こした。「あなたは、今、ここへ来たんですか?」と問うた。オウム返しに「ハイ、おっしゃるとおりです」と答えた。ベッドの掠れた声は、廊下の金子の耳には届いていない。彼女が二〇二号室に戻ってきたのは、二四時間後であった。私は、力が抜けてベッドに崩れた。金子は、病室に一歩も踏み入ることなく、去った。

黙って、優子は、私のよれた薄い枕を直した。

肩に触れる手に、覚める。優子が一刻、帰宅すると言う。「交代の看護婦さんに、よくお願いしときましたから。すぐ戻ります」ウン。日勤と準夜勤の交代は、午後五時だ。

小走りで帰った。呆気に取られる母光子をよそに、忙しく電話番号を回す。

知人の耳鼻咽喉科の女医。優子は、薬の後遺症を尋ねたかったのだ。心配ないでしょうと答えたあと、女医は、仲間意識で庇い合うから、「医者は、本当のことは言いませんよ」とグサリと教えた。次に、友人の内科医の妻は、驚き震えた。折り返し、専門ではないが「脳障害はでないでしょう」と、安んじる伝言が入った。

夕食の仕度中、光子に賢の様子を聞く。小走りで、暗い冷えた道を戻った。点滴のチューブがずれて、胸元がびしょ濡れになっていた。覚めると、優子が重ねたタオルで拭いている。「あんなに頼んでおいたのに……」肩先で、悔し涙を拭っていた。どうしたの？

一三日（日曜日）。院内は静穏だ。午前一一時過ぎ、森の声に覚める。ラフな普段着姿だ。先刻から、曖昧な一般論に終始している。優子が疑問を質しても、「チアノーゼには、なっていなかったんですよ」と嚙み合わない。

彼は、パニックに陥った自分を記憶していないのか。心マする優子から怒鳴られたことも、忘失しているようだ。それともめげない性格なのか、とにかくケロリとしている。

呼吸は停止していなかった、と言う。「奥さん、心マッサージというのは、呼吸が停止した場合に行うもんなんです」彼は、心マの医学上の条件を揚々と説明する。優子の取った行動は的外れであった、と言外に退ける。しかし、最悪時に正気を失っていた彼が、現場の状況を語れるのか。とにかく、院内で素人に救命をやられては、医師の面目が立たないのだろう。

優子は、口を噤んでしまった。担当医にも拘わらず、森も、患者のアクシデントの事実関係を確認していない。彼もまた、事態を軽度に収めようと腐心している。それが逆に、患者側の不信を増幅させると気付かない。

ようやく、森は、自分の失言に黙り込む。気まずい雰囲気を払おうと、私が口を切った。
「前のことが、よく思い出せないんですよ」
「それは逆行性健忘症です」気負って、森は断言した。得々と、脳に衝撃を受けた時より以前の出来事を忘れる、と講釈をはじめた。途中、ご存知ですよね、と臆したように口を閉じた。婦長の術後強要のあと、三〇分ほどの記憶喪失である。訊ねはしたが、私は、さして気に留めていなかった。一週間もすれば、思い出すだろう。

麻酔科医の投薬ミス

鬱屈して、私は、幾度もベッドを軋らせた。事後、二日も経つのに、両池田から何の説明もない。患者に、事実を速やかに説明すべきではないか。彼らに通底しているのは、自分の責任ではないという意識である。一刻一刻、不信が深まっていく。今日は日曜日だ、明日にはキチンと説明があるだろう。私は、自らを慰撫する他なかった。

夕方、看護婦に、胃管チューブを抜いて欲しい、と訴えた。体調が回復してくると、身体にまとわりつく器具が、辛くなる。もう良い患者でいるのは、止めた。彼女は、「看護婦では外せないんです」と、困惑した。外科は誰もいないらしい。明日まで待つんですか！　私は、非もない彼女に痛言を浴びせていた。

手術時より導尿のため膀胱まで、尿管カテーテルが繋がっている。ピリピリ痛いが、これは我慢できる。鼻腔から胃まで侵入した経鼻胃管カテーテルは、辛い。その存在を意識すると、辛苦が募る。本来ならば（アクシデントがなければ）、こんな苦行を味わう必要はなかったのだ。それが、無性に腹立たしい。

一四日（月曜日）。午前九時を待ち焦がれた。高橋さん、と喘ぎ喘ぎ訴えた。暫時、彼女に従いて岡村の渋い顔が見えた。あ、この人もいたんだ……実質主治医いや第一担当医が現れたのは、事後、三日目であった。それも、患者に呼ばれて、来た。

岡村は元来、無愛想なのか。チューブを握ったまま、「抜いていいんですね？」と念を押した。逆流による誤嚥を防ぐため、吸引しているカテーテルである。責任は負いませんよ、という言い様だ。ためらいながら頷いた途端、彼の片腕がギューンと一気に天井に振られた。鼻口から二本の長いチューブが蛇のように跳ね、胃液がベッド上に飛び散った。鼻がもげるような勢いだった。ユルユルとは抜けないのか、まるで大道芸だ。

責め具を解かれて、私は、息を吹いた。高橋と優子が、手分けして顔や胸を拭った。もう岡村の姿はなかった。両池田との確執があったのか、事故には我関せずだ。彼は、患者との接触を避け、担当医の責務を省みない。それは筋違いだろう、岡村さん、患者には何の罪もないのだ。彼の来室によって、私の疑心が色濃く滲みていく。事故の原因は何か?

午前一〇時過ぎ、森が来た。胃管カテーテルが外れたので、だいぶ話しやすい。「何があったんですか? 説明してください」掠れた声が、私の心情を増幅した。「ちゃんと、説明してください」

私の気色ばんだ声音に、森は喉が詰まった。今さら、患者が怒っている、と覚ったのだ。

「ハイ、教授に話します」彼は、慌てて出ていった。

池田は、じきに来るだろう。優子に支えられて、ソロソロと上半身を起こした。寝たまま、彼の話を聞きたくなかった。寝たままの患者は、一人前扱いされないからだ。腹部の傷口が、ジーンと痛んだ。恐くて、途中で止めた。

私は、やっぱりお人好しだった。昼になっても、池田は来なかった。森は、すぐに伝えたのか!?

再度、身体を起こした。ビリビリ痛んだが、手術以来初めてベッドに起きた。萎えていた気力が、湧いてくるようだ。毛布を持ってきた高橋が、私の背中にあてがった。

丁度、昼休みに義姉景子が見えた。「賢ちゃんから……」と、小さな封筒を差し出した。彼女の目は、潤んでいた。不覚にも、読む前から熱いものが込み上げてきた。

折り畳んだメモ用紙に、鉛筆で「父さんへ」とあった。開くと、表裏に金釘文字が焼き付いた。「がんばれ↓うら」、裏を見ると、「父さん、がんばれ。おうえんしてるぞ!!! 賢より」とあった。私は上京の折、時々、皇居前のパレスホテルに泊まった。そこのメモ用紙であった。黙って、優子に手渡した。

午後、誰もやって来ない。一輪挿しの薔薇が、萎びて垂れていた。

午後五時過ぎ、池田（美）が来た。顔面蒼白だった。うろたえて、脅えを抑え切れない。「悪いことも、良いことも、お話しします」毛布を背に、私は、何事かと身構えた。池田（美）は、一気に吐露した。私どもに全面的な非がある。奥さんがいなければ、二、三分で死亡していた。まだ脳障害の心配がある。実は、「モルヒネの量を間違え、三ミリグラムのところを三〇ミリグラム入れました」と告げた。

心臓が止まりそうになった。思わず、「十倍ですか!?」と問い返した。池田（美）の目が、点になった。私は、慄然とした。ベッド脇の優子は、身じろぎもしない。病室内が凍りついた。

池田（美）は、誠心、自らのミスの驚愕と呵責をさらけ出した。単なる事故ではなく、過誤だったのだ。

長い沈黙を破ったのは、優子であった。「でも、森先生は、私のやったことは、役に立っていないとおっしゃいました……」さえぎって、池田（美）は、言下に否定した。「奥さんが居てくださったお陰です。奥さんが、深呼吸をやってくださったお陰です」彼女は幾度も首を振って、森発言を重ねて否定した。「奥さんのマッサージで、酸素が途切れなかったんです」

胸骨への圧迫は、心臓を圧するに留まらない。加圧は胸腔全体に及ぶので、肺から空気を押し出し、胸郭の弾性が吸気を確保する。彼女は、素人の初動の重みを痛感していた。呼吸停止し酸素が途絶えてから、優子が身を躍らせるまで、一分足らずであったろう。それから十数分間、辛うじて換気と血流が保たれた。それが、生死を分けたのだ。

優子は、（私は忘れていたが）森の言った逆行性健忘症を尋ねた。池田（美）は、又も色をなして否定した。森の軽率さに、怒りを隠そうとしない。正直に脳障害のリスクを伝えたものの、実際、障害が出たとは認めたくなかったのか。

常用の十倍——私は、この衝撃を脱け切っていない。麻酔科医が、こんな初歩的なミスを犯した……それが二重のショックだった。つぶさに吐き出した池田（美）は、しばし安んじる。それから、拝むように私に目を向けた。

幽霊を見るような面持ちだった。「よくここに居てくださいます」奥底から絞り出す声音であった。「先生には、守護神がついていたのです」

彼女には、私の生存が奇跡に思えたのだ。ベッドに坐っている存在自体、信じがたい光景だったのだろう。粟立つような恐怖が、私を襲った。骨の髄から身震いした。よく助かった……確率一パーセントの生還だったのだ。不意に、何も知らずに、三途の川を渡っていた。その途中、私は、引き戻され、辛くも頓死を免れた。

麻酔科医の投薬ミス。ふつう医療者側は、ミスを嫌ってエラーと言う。夜通し、私の脳内に恐怖と不信が渦巻いていた。量を十倍も誤認した。断続して、戦きが止まない。ミスを告白した医師の苦悩など、卑小なものだ。なぜ、私がこんな目に遭わねばならないのか。ババを引いた――不運と割り切るには、あまりに不条理だ。その不条理が暴発した時、立ち向かったのは私ではない。そのとき私は、意識を喪失していた。

誤認は担当看護婦

一五日（火曜日）。朝焼けは、心安らぐ。院内の動きに気が紛れる。「声が治らないんですよね」高橋には、何でも話せる。気管挿管で喉が傷ついたのだろう、声帯が心配になった。

昼過ぎ、手術以来、繋がれていた尿管カテーテルが抜かれた。ああ、これでションベンができる。

優子と高橋に支えられて、ようようベッドから下りた。両足が、情けないほどガクガクして立てない。三階の耳鼻咽喉科処置室まで、車椅子に乗る。「私も胆石があるんですよ」耳鼻咽喉科教授の白井智夫は、額帯鏡を覗きながら、いつもどおり温和だ。「でも、手術は嫌なので、しないんです」アワアワ喉を鳴らしながら、声帯は問題ないと聞く。それでも青息吐息だ。

帰り際、白井は、手を拭きながら私に真顔で問うた。「先生、手術、痛かったですか?」

呆然と、車椅子に揺られていた。白井は、私を襲った不慮の災難を知らない。彼は、私の手術が平穏に済んだと思っている。医科病院の三教授の一人が、五日前の医療過誤の情報を得ていないのだ。院内に箝口令が敷かれている、と感じた。口外を憚る不祥事であろうが、院内職員にも情報を隔離したに相違ない。病院長が、妻の過失を庇おうとしている。

ベッドに戻ると、壁を向いたまま黙り込んだ。高橋は余分なことは言わないし、私も聞かない。ナースステーションでは今、「中原」や「ミス」は禁句に違いない。

私は疑心暗鬼に陥っていた。

午後、森は、彼に似ず塞ぎ込んでいる。ここに至って、ようやく事態を認識したようだ。彼は、患者の怒りの程度を計りかねていた。医療ミスを被った患者の心境は、彼の埒外だろう。私は、鬱した疑念を森にぶつけた。「池田助教授は、最初からミスに気付いていたんですよねえ?」直撃に、森は、目を白黒させた。「それを、三日間も黙っていたんですか……」どうにも、釈然としない。

あの晩、池田（美）は、自分の過失を夫に告げなかったのか。池田も、妻に真因を尋ねなかったのか。医師同士、暗黙に了解していたのか。何を了解していたというのか?

森には、答えようがない。わだかまりを口にすると、疑点が晴れてきた。私が死んでいたら、池田（美）は過失致死罪を免れない事件だ。病院長の強権を振るっても、所詮、隠しおおせることではない。どう考えても、三日間は長過ぎる……。

その日、池田は来なかった。

一六日（水曜日）。終日、池田は見えなかった。出張なのか、来にくいのか、理由は高橋にも尋ねない。彼女の看護は、淡々と過不足ない。とにかく、病人に温かい、心がこもっているのだ。接していて、それが自然に伝わってくる。ナースにも、向き不向きがある。

一七日（木曜日）。久しぶりに、テレビをスイッチした。この日、二〇二号室が、荒涼たる情況になるとは予想もしなかった。

午前一〇時、池田が回診に見えた。高橋に指示して、腹部のガーゼを外す。手術部位の治り具合を診る。湾岸戦争勃発のニュースが、画面に映し出されていた。会話の糸口を得て、彼は、「いよいよ始まりましたねえ」と話しかける。天井を見詰めたまま、そうですね、と応じた。病室内に、同時進行する空爆の閃光と爆音が飛び交う。

私には、テレビより自分の腹である。恐る恐る見ると、縦に二〇センチほど真一文字の凄惨な傷口だった。ケロイド体質なので、醜い傷跡が残るだろう。白井さんのように、手術をしない方が良かったか。一抹の悔やみが、脳裡をよぎる。

池田は、「あさって退院できますよ」と快活を装う。退院？　意外だった。退院を考える余裕もなかった。「明後日ですね」と返しながら、術後の日にちを数えていた。過誤で遅らせず、予定どおり一〇日目にしたか。被害者の邪推は、止め様がない。

私の視界から、テレビを切って、高橋が消えた。

池田は、助教授のミスを避けて通れる立場にはない。沈痛な表情になって、気重に切り出した。「どうも……思いがけないことが起こりまして……」不本意極まりない、という言い様である。今回の失態は自分の責任ではないと、精一杯、虚勢を張る。謝罪の言葉はでない。患者に言質（げんち）を取られぬよう、用心しているのか。

私は、無言でいた……。堪え性がないのだろう、彼の緊張が切れた。「先生、モルヒネで良かったんですよ。拮抗剤のない劇薬だったら、手の施しようがなかったですから」耳を疑うとは、こういう放言を指すのだろう。むろん、池田に被害者の感情を逆撫でする意図はない。夫婦間で交わした内密が、つい舌頭を滑ったのだ。私の鬱積が、憤怒に変じた。「池田さん、その言い方はないだろう！」

知る人は少ないが、私は怒ると、べらんめえ調に豹変する。もう声は出る。「オイ、モルヒネで良かっただと！　私の家内のお陰で、あんたの女房は監獄に行かないで済んだんだぞ。ふざけたことを吐かすな！」

温厚なはずの患者の怒号に、池田は仰天した。自ら招いた舌禍を悔やむが、痼癖は制御できない。「モルヒネはモルヒネなんですよ」と、意味不明を口走った。患者の舌鋒が、言葉尻を叩いた。「そのモルヒネを間違えたのは、あんたの女房じゃないか！」

池田は絶句し、冷水を浴びたように引いた。「そうじゃないんです！」泡を食って、「そうじゃないんですよ」と言い捨て、脱兎のごとく出ていった。

な、何なんだ？　私は、思いきりはぐらかされた。彼は、錯乱している。優子と顔を見合わせ、やり場のない怒りを抑えた。腹の傷が、両脇まで火照っていた。

一〇分も経たぬうち、池田（美）がアタフタと来た。池田の注進をうけて、急き込んでいる。「間違えたのは、私ではないんです。モルヒネの量を間違えたのは、私ではないんです」

エエッ。今度は、私が絶句する番だった。あなたではないんですか⁉　私たちが早とちりし、彼女のミスと勘違いしたのか。いや、誤認を告白したのは、池田（美）本人ではないか。ほかの者がミスした、とは聞いていない。

起き上がる私の目の前に、池田（美）は、一通のコピーを差し出した。「外科指示表」とある。「ホラ、ここに……」と指しながら、「塩酸モルヒネ三mgと書いてあります」と釈明する。確かに、外科指示表の余白に、「ＥＤ注入、11時、１％キシロカイン４ml＋塩酸モルヒネ３mg」と記されていた。読みやすい女性の文字だ。三〇mgを指示したのではない、という証明らしい。

「このとおり、正しい指示がされています」池田（美）は息を継いで、「これは、私が書いたんですよ」と納得を迫った。薮から棒で、私は、半信半疑だった。一応、「書いてありますね」と頷いた。自らの潔白を確認させて、彼女は、力が脱けたように両肩を下ろした。

だが、私は、納得していない。それならば、あの時、なぜハッキリ言わないのだ。誤認した事柄だけを告げ、肝心の誰が誤認したかは黙っている。それで事足りる、と考えたのか。

（退院後、外科指示表に記載したのは、別人であることが判明する。池田（美）ではなく、誤認した人物の筆跡であった。実に稚拙な、しかし、麻薬投与の指示のやり方に偽りを述べた悪質な虚言であった。彼女は、口頭による指示を隠そうとしたのだろう）

「では、誰が間違ったのですか?」

当然の疑問であり、至当な質問である。ところが、池田（美）は、顔を背けて答えない。重ねて尋ねた……彼女は、頑なに口を噤んで、拒絶している。私は、惘然（ぼうぜん）とした。被害者本人が尋ねているのに、なぜ言わないのか。麻酔科医でなければ、ナースに決まっている。ここに至って、隠しおおせることではない。どこまで患者の心を踏みにじるのか。

辛うじて、私は、暴言を堪えた。池田（美）は、実行者を庇うことで、ナースステーションの信望を保とうとしている。私は、最後まで名前を言わなかったのよ——それは、彼女の偽善であり、ジェスチャアに過ぎない。看護婦を楯にして、自分への波及を阻止しようとした——そう勘ぐられても、仕方あるまい。池田さん、あんたは心得違いをしているよ。実行者を明かさずに、患者を退院させる気なのか。

私は、矛先を緩めた。「池田さんは拮抗剤のあるモルヒネで良かったと言うし、あなたは石みたいに黙っているし……一体、どうなっているんですかねえ」彼女は、たやすく私の誘導に乗った。「あの人は口下手で……いつも誤解されるんです」涙ぐんで、夫を庇う妻になっていた。医師夫妻の私情が、医行為に迷入していた。彼らも夫婦して、この難局と闘っている。しかし、死を懸けた私と優子の闘いとは、雲泥の差だ。

周章狼狽

午後、術後初めて、私は、ベッドに腰掛け、萎えた両足を垂らした。ようやく人並みになった。

一時過ぎ、池田、池田（美）、金子が揃って並んだ。皆、平身低頭であった。両池田は、こもごも陳謝した。私は、これほど卑屈な顔を見たことがない、と思った。正視するに耐えなかった。患者の信頼を失った医者ほど、哀れなものはない。

池田が、恐る恐る池田（美）の不届きを詫びた。彼女に代わって、「間違えたのは、看護婦の小川むつみです」と告げた。事後六日経って、実行者の姓名が被害者に明かされた。私には、看護婦の名前と顔が一致しなかった。小川むつみ……どの看護婦か、分からない。

池田（美）は、黙秘を押し通した。それが彼女の意気地なのだろうが、独り善がりな片意地に過ぎない。池田は、小心翼々、保身が見え透いていた。私が上司だから、白状せざるを得なかった。一見（いちげん）の患者であったら、彼らは、真相を伝えただろうか。

「ミスした者が分かったのは、いつですか?」池田は、私の糾明を覚悟していた。抵抗もせず、森から私の伝言を聞いた後、と答えた。実に、彼らが調査を始めたのは、一四日月曜日である。患者が死に瀕した医療過誤の究明を、三日間放置していたのだ。なぜ、三日間も放っておいたのか?

両池田は、初手からモルヒネの誤認を認識していた。誤ったのは、看護婦であることも分かっていた。しかし、誰が間違えたのか、何故間違えたのか、調べようともしなかった。患者が督促しなければ、そのままウヤムヤに済ませるつもりだったのか。

ここで再び、池田が、不実をさらけ出した。調査が遅れた弁解である。「いろいろ調べようと思ったんですが、看護婦を問い詰めたりすると、すぐに辞めてしまうので……」池田(美)が慌てて遮ったが、もう遅い。臨死体験をさせた患者より、加害者の庇護を優先した――信じがたい薄情、無神経、軽視、そして侮蔑、背信。池田(美)は、観念していた。

それはないだろう、池田! 私は、面罵できなかった。激して、胸苦しさにベッドの手摺にしがみついた。「大丈夫ですか?」と、池田(美)が手早く手首を取った。思わず、その手を払おうとしたが、できなかった。患者は、哀れなものである。嫌悪する医者に、我が身を委ねざるを得なかった。悔しさに、優子の手に爪をたてていた。ベッドを蹴って、近くの病院に駆け込みたかった。そんな手負いの患者を受け入れる所などない。

患者は肉体に侵襲を受ける身、医者は常に優位にあり、患者は弱い立場にある。医者と患者は対等であるなど、幻想に過ぎない。

私は、心悸の治まるのを待った。池田（美）は、なんとか、私を鎮めようとした。「先生は、お優しい方です」優子が婦長を責めた時、私が制止したと説く。彼女にとっては、印象的な仕草だったのだ。しかし、婦長の失態を知っていれば、止めたりはしなかった。お人好しにも程がある。

「すべて、小川看護婦の責任ですか?」私の問いは、責任の糾明に及んでいた。「あなたに責任はないんですか?」池田（美）は、オウム返しに答えた。「はい、私の責任は免れません」

池田の頬が引き攣った。その目は、そこまで言うな、と止めていた。彼女の方は、もう隠すことはないと開き直っていた。目を瞠って、「正義は、先生にあります」と言った。

正義? 私は、この場にそぐわない言葉に戸惑った。彼女が事態を、正邪・善悪で捉えているのを知った。正義が私にあるから、抵抗できないと言うのか。そんなことを論じているのではないと、私は失速した。彼女のいう正義が空言と知るのに、時間は要しない。

振り返れば、予期しないトラブルに、池田と池田（美）は、困惑し葛藤した。池田は、池田（美）を守ることを第一義に考えた。次は、外科科長としての保身である。池田（美）

の思いも同じだった。彼らが夫婦でなかったら、別の展開があったかもしれない。

両池田は、習い性で自分に都合好く解釈した。ともかく、患者は助かったのだから、それで良いではないか。それに、中原が医科病院の不祥事を騒ぎ立てることはないだろう。何も詮索せず、不問に付すに違いない。命を救ったのは池田（美）なのだから、彼は、感謝こそすれ、糾弾することはないだろう、と。だから、事態を患者に知らせる必要はない。患者には、黙っていよう。

まことに、身勝手で浅薄で安易で独り善がりな思い込みである。事態を甘く見、人心を軽く見、高を括っていたのだ。そこには、不誠実、利己、責任感の欠如しかない。意識下に住むのは、医師は何でも許されるという驕りである。

患者をバカにしてはいけない。一四日午前一〇時過ぎ、両池田の思い込みは、脆くも打ち砕かれた。中原は、怒っている。説明責任を求めている。

彼らは、周章狼狽した。

目を背け触れず避け通した三日間、その付けが回ってきたのだ。今さら、ナースステーションに動揺が走り、ナースたちに疑心が渦巻いた。池田らは、遅滞した取り調べと患者への対応策に半日を費やす。調査の結果は厳酷で、両池田の対応は混迷した。池田（美）が、二〇二号室に重い足を運んだのは、午後五時を過ぎていた。

（退院後、散乱した断片的な情報を継ぐと、次のことが判明した。リーダーの鈴木に投薬指示した池田（美）は、調査するまで実行者が誰かを関知していない。むろん、すぐに確認できたが、彼女は逃避していた。実行者が十倍量を誤認した事実を知ったのも、調査時であった。

小川に口頭伝達した鈴木、小川に応援を乞われた斉藤は、実行者を知っていた。小川に記載間違いを指摘した坂井も、分かっていた。しかし、彼女らは、部下や同僚のミスを口外するのが恐くて黙っていた。

驚くべきは、小川である。彼女は、三〇mgの投与量を信じて疑わなかった。モルヒネとアクシデントの因果にも気付いていない。その迂闊、無識。彼女は月曜日も、変わりなく勤務していた。看護婦への尋問が絞られて、用量を問い質され、初めて自分のミスを知って、驚愕する）

廊下に、若い看護婦が立っていた。黙然としている。「小川さんですね」と、優子が声をかけた。

私は、頭の芯が痺れた。小川は、異様に突っ立ったままだ。優子に支えられて数歩、摺り足した。何を言ったらよいか、思い浮かばない。「あなたが、小川さんですね？」と念を押した。

彼女の顔は、能面のようだった。

「こういうときは……」と、私は途切れた。「偉い人は、これに懲りずに頑張ってくださいと言うのでしょうが……」次の言葉をためらった。「でも、私は偉くないので、そんなことは言いません」その途端、小川は、「申し訳ありませんでした」と、両手で顔を覆って泣き崩れた。今まで必死に堪えていたのだ。

私は、にわかに気力が喪失していくのを感じた。ミスは直截に謝罪されれば、それ以上咎め立てても詮方ない。腹立ちまぎれの打擲（ちょうちゃく）は、報復になるだけだ。許せはしないが、心に終止符を打つ他ない。

両手で頬を拭いながら、小川は、「すべて私の責任です」と池田（美）を庇った。「私が、美紀子先生の指示どおりにやらなかったんです」

私は、声もなくベッドに戻った。庇い合いは、決して麗しいものではない。私の怒りは、行き先を見失っていた。「彼女が間違ったんだ……」と、惚けた。優子は、小川に狙いを定めてぶれない。実に、私は、担当だったという小川を覚えていなかった。彼女に会っても、私を陥れた憎き加害者という実感が湧かないのだ。彼女に許しを与えなかったのが、せめてもの慰めであった。私は、決してお人好しではない。

変節と食言

私は、被害妄想に陥っていた。

実行者は、知らされた。小川には、塩酸モルヒネの取扱いは、通常の業務であった筈だ。それでは、なぜ今回に限ってミスをしたのか。その原因は、糺されていない。小川が独りミスを犯した——彼女に全責任を負わせて収束するのか。いや、ミスを起こした原因は、究明されなければならない。

私は、池田（美）の示した外科指示表を確認したいと思った。疑いを持った訳ではなく、一瞥しただけだったからだ。摺り足でテーブルの電話まで歩いて、金子に外科指示表の写しを求めた。受話器から、彼女の動揺が伝わってきた。まだダメージから立ち直っていない。

麻薬処方箋も、確認する必要がある。大場にダイヤルし、薬剤科からコピーを貰うよう依頼した。診療録（カルテ）も見たくなった。（まだ、カルテは医者のものか患者のものか、と論議する時代ではなかったので）、医師のプライドを踏みにじると、さすがに諦めた。

廊下に、夕食のプレートを抱えて、看護婦がウロウロしている。優子が受け取ると、彼女は私を向いて、「申し訳ありませんでした」と、遠くから二度三度白帽を下げた。

腹部の傷がズキンと痛み、思わず顔をしかめた。私には、初めて見る看護婦だった。「だれ?」と問うと、優子は「主任の鈴木さんですよ」と教えた。斉藤、小川の上位看護婦と知ったが、見覚えてはいなかった。病人は、視野狭窄になっているのだ。

一〇分ほど経って、鈴木が再び来た。今度は入室して、「先ほどは失礼いたしました」と詫びた。夕食を運ぶついでに謝罪した彼女に、私が不快感を示したと誤解したらしい。(彼女がモルヒネ投与を小川に口頭伝達し、かつ第三のミスを犯したリーダーであることを知らなかったので)、私は、改めて深々と謝罪する主任に戸惑っていた。

夕食を終えても、金子は持って来ない。もう退勤時間は過ぎている。先刻、私の要請に動揺したのは、池田への懸念だったのだ。池田(美)が私に示した書類であるが、金子は外科科長の許可を得ねば動けないのだろう。

いつも迅速な大場なのだが、電話は午後八時を過ぎていた。彼にしては、不得要領であった。要するに、コピーは渡せないらしい。気心の知れていた薬局長の顔が、よぎった。歯学部長の権限を行使している――それは、承知の上だ。一見の患者なら、一言に撥ね付けられる。私の立場だから、また死線をさ迷った被害者だから、無理強いしたのだ。しかし、病室の患者からの要求には応じられない。それはそれで、妥当な対応と言えるだろう。

今さらながら、私は、彼らが恐懼する医師の実相を知った。病院では、医師は常にオールマイティである。ましてや病院長は、絶対的存在であろう。それも相手は、池田仁という特異な個性である。

夜は深ける……惨憺たる一日だった。

一八日（金曜日）。私は、腹を据えていた。午前九時、金子に再度、関係書類の提出を求めた。麻薬処方箋と、看護日誌も追加した。私の強硬に、狼狽する婦長を度外視した。闘う相手は、彼女ではない。

両池田に、手隙の時に来室を乞うた。

昼過ぎ、二人は揃って見えた。昨夕の私の要求は承知しているが、それには触れない。神妙だが、ガチガチに警戒している。

私は、麻薬施用の手順を問い質した。小川は、どのようにミスを犯したのか、真因を究明したかった。池田（美）は、開き直っていて、案外、スラスラと語った。

麻薬投与は、麻酔科医がリーダー看護婦に口頭で指示する――リーダーは、下位看護婦に口頭で指示を伝達する――下位看護婦は一人で、麻薬の準備と注射を行う。このやり方は、池田（美）が昭和六三年四月に着任する前から実施されていた。「前から行っていた方法です」医科病院の麻薬取扱いの慣行であると、彼女は強弁した。「私は、それに従ったまでです」

「そんなやり方でいいんですか？」

私は、憮然として問責した。信じがたい麻酔科医の過信、軽挙、甘さ、怠慢、侮り。医科病院初の麻酔科専門医なのだから、医療安全体制を整備する立場にある。彼女は、慣行の危うさを十分に予見できた筈だ。

（隠し事は、ポロポロと露見する。退院後、現行の麻薬施用システムは、池田（美）が着任した後に実施された、と判明する。彼女自身が作った簡略な、手抜き方式であった。池田（美）が前職にあった医学部の大学病院では、医師の口頭による指示は、原則として緊急時に限られていた。

医師は、緊急時に麻薬を投与する場合、薬用量は二種類以上の規格（㎎とA、㎎と㎖）で伝える――速やかに指示票に、口頭指示の内容を記載する。一方、医師の口頭指示は、原則として担当看護婦が受ける――その際、薬品名と指示内容をメモする―再度、復唱して医師とダブル・チェックする――メモに日時を記し、サインする。

この医学部の口頭指示は、あくまで緊急時である。池田（美）は、平常時にありながら、平然と口頭指示をし、厳守すべき幾つものルールも無視した。彼女は、あたかも、ビタミン剤でも与えるように、モルヒネを取り扱った。

同大学病院では、担当看護婦は、薬剤を保管庫から取り出す時、薬剤を注射器に吸入する時、空アンプルや残余液を捨てる・戻す時の三回、確認する。この時、注射箋を確認しながら、他の看護婦とのダブル・チェックを行う。――ベッドサイドで患者を確認し、注射箋を確認しながら注射する。抗ガン剤や麻薬の場合には、注射時までに医師とのダブル・チェックを行う。

麻薬施用にも拘わらず、池田（美）は、医療安全の管理体制を敷いていなかった。人間がやる限り、必ずミスは起こる。それをいかに予見し予防するか、である）

「池田さんの指示の仕方に、問題があったのではありませんか？」

私は、仮借なく問い詰めた。池田（美）は、リーダーを介して担当看護婦に指示した。口頭かつ間接的な指示では、当然、誤認しやすい、またそれをチェックできない。医療上、もっとも杜撰（ずさん）で危険な指示方法である。あくまで、直接の監督・指示をすべき麻薬施用者の監督責任を欠いていた。麻酔科専門医池田（美）の過信、惰性、油断、甘さ、軽率、怠慢、責任感の欠如。

傍らから、池田が抗弁した。「彼女は正しい指示をしました。指示は、正しかったんです」三㎎と指示したのに、三〇㎎も投与したのは小川看護婦だ。被害者は、自分たちだと言いたげだ。彼は、妻を守ろうと、必死に論点を擦り替える。池田！　その正しい指示が、どのように実行されたか、を検証しているのだ。

（中原の退院後、リーダー看護婦の一人が、自責の念からだろう、麻薬施用のシステムを改めるよう進言した。池田（美）は、金切声をあげて一蹴した。「そんなことしたら、前のやり方が間違っていたと認めることになるじゃないの！」）

池田は厚顔、「責任はすべて実行した看護婦にあります」と断言した。実行者の看護婦一人に、責任を転嫁して憚らない。看護婦を楯にした保身を、恬として恥じない。

申し合わせたように、池田（美）も、前言を翻した。「道義的な責任を感じています。私に非があるとすれば、モルヒネの投与を決めたことです」

道義的な責任とは何か？　そんな曖昧なレベルの問題を糺しているのではない。今さら、術後の鎮痛にモルヒネは不用だった、と言うのか。臆面もなく、彼女は、あれほど庇った看護婦をアッサリ見放した。

手の平を返す食言――私は、彼らの浅ましい変節に鳥肌が立った。人間、ミスは避けられない。問題は、事後の対応である。彼らのそれは、許せない。

（退院後、麻薬施用を指示する麻薬処方箋も、投与後に記載する麻薬施用票も、署名と捺印は、リーダー看護婦が代行したと分かった。印鑑は、預け放しだった。

本来、麻薬施用者は、麻薬処方時には、麻薬処方箋を作成し、署名・捺印のうえ、診療録に記載し、㊩割印を押さなければならない。また麻薬施用者は、施用後、すみやかに麻薬施用票に署名・捺印し、使用後のアンプルを添えて、薬剤科に施用票を返却しなければならない。しかし、両書類とも、看護婦が、施用後まとめて代筆し代印していた。
これも池田〈美〉のいう医科病院の医療慣行であった。彼女は、麻薬施用者としての業務上の責任を欠いていた）

甦った記憶

午後六時過ぎ、看護婦が、黙って金子の封筒を届けた。外科指示表はじめ、看護記録、看護チャート、麻薬使用簿、麻薬処方箋、麻薬施用票、入院注射伝票等のコピーが、雑多に入っていた。医療者側が、面子（メンツ）を懸けて抵抗した書類である。虚しくて、見る気もしなかった。オレだから、無理矢理、入手できたのだ——私は、自己嫌悪に陥った。

（退院後みた麻薬処方箋。注射液の記載方法は、使用量はmℓ、請求数はアンプル数で表すと明記してある。一一日の麻薬処方箋は、モルヒネの請求数三A、使用量は未記入であった。同じく麻薬施用票も同様で、下段の施用欄には、小川の字体で「数量3mℓ、使用残液0mℓ」とある。mℓは、印刷された活字だ。

つまり、処方箋も施用票も、三アンプルという請求数しか記していない。ただし、施用欄のmℓと印刷された施用量と使用残液欄には、小川は三と〇と記入した。彼女は、疑いもなく、三mℓという認識に立っていた。すでに、彼女は、麻薬使用簿にも「3mℓ」と記載し、また看護記録にも「3㎖」と記載した。1A（アンプル）は1㎖、1㎖は10㎎に当たる。㎎という単位は、「㊖塩酸モルヒネ3㎎」と、外科指示表に見られるのみである。施用票、麻薬使用簿、看護記録、外科指示表は、いずれも午前一一時以降、短い時間内に書かれた。投与後、看護記録に3㎖と記した小川は、坂井に注意された。それでも、3㎖は正しいと確信した彼女が、外科指示表に3㎎と書き間違える筈はない。なぜ、ここにだけ㎎を使ったのか？ どうにも釈然としない。果たして、小川はいつ記載したのだろうか？）

「あれ……バラが……」

窓辺の一輪挿しに、薔薇が差してあった。いつ買いに行ったのだろう？ 「高橋さんよ」と優子が教えた。

あの日の夜以来、私は高橋の看護に慰められた。荒みささくれだった心が、どれだけ癒されたことか。私は、彼女に巡り合わせた幸運に感謝した。ひとたび崩れたナース観も、彼女によって救われた。

（一年後、高橋文子が退職した。看護大学に編入して、看護教員を目指すという。私は、彼女のような人にナースを育てて欲しい、と素直に喜んだ。

「あ……」、私の中に唐突に閃いた。手術の二日前、私に何かを伝えようとした、あの看護婦は、高橋だ。迂闊（うかつ）にも、今頃、あの看護婦と高橋が結びついた。彼女は、〃この病院で手術するのは、お止めになった方が良いです〟と私に伝えたかったのだ。不幸にして彼女の懸念は、最悪に的中した。彼女も予想だにしなかった、まさか、の惨劇に至った。

ナースステーションのナースには、病院の内側は隅々まで見える。その現場の看護婦が、実際を告白するには相当の勇気がいる。本来、黙っていれば済むことなのだ。それにも拘らず、彼女は、勇を鼓して二〇二号室を訪れた。言葉にできない忠言を、私に態度で伝えようとした。それは、驚怖する意中であった。彼女は、高橋さんだ——私は、そう確信した。私は、それを彼女に尋ねはしなかった。質しても、明かすことはないだろうから)

午後九時、消灯。

「退院だね……」暗い天井を見詰めながら、私はソファの優子に呟いた。「……そうね」と眠たそうな声が返ってきた。彼女は、用意万端、退院の準備を済ませていた。一刻も早く帰りたいのは、私より優子の方だ。生きて、この病室を出られる。二度と、ここには入らない。

(一一日の麻薬使用簿。五件の塩酸モルヒネ施用が記載されている。そのうち、四件を小川が取り扱った。「10：00、桜〇広〇、1㎖。10：00、木〇新〇、1㎖。10：00、青〇正〇、3㎖。11：00、中原泉、3㎖」。この使用簿では、薬用量はAと㎖が使われ、㎎という記載は見られない。したがって、ナースは㎖を㎎に読み替えていたのだろう。これも、池田

（美）のいう医療慣行なのか。それにしても、腑に落ちない。

小川は、午前一〇時に三人に投与した。そのうち一人は、私と同じ３㎖である。時差は、一時間に過ぎない。同じ３㎖なのに、なぜ、私だけにトラブルを生じたのか？

私の前の患者の３㎖では３㎎を吸入し、一時間後の私の３㎖では30㎎を吸入した。３㎎は、一アンプルの十分の三を計る。一方、30㎎では、アンプル三本を空ける。３㎎と30㎎では、注射器に吸入する行為に懸隔した違いがあるのだ。それなのに、彼女は、勘違いしたのか？　錯覚したのか？　真因は、小川の不注意、散漫、未熟と結論づけるには、あまりに不可解なのである。未だ、私の懐疑は晴れない）

一九日（土曜日）。未明、私は、ゆるやかに目覚めた。脳裡に、一〇日前の記憶が安らかに、切れ目なく甦っているのを知った。あの逆行性健忘症を否定された、短い記憶である。あー、想い出した……。

「お注射ですよォ」

若い看護婦の華やいだ声がした。術後の痛み止めのモルヒネだ。「はい」と私。ベッドに注射器を入れたトレーを無造作に置くと、彼女は、私を横向きにして背を出した。その時、自分の背中に、注射用のカテーテルが留置されていたのを知った。トリックに掛けられたような気がした。（以前に、同じ思いをしたことがある……甘い既視感に捉われた）

注射液がカテーテルに注入された途端、胸下から下腹部へ、冷たい水が一斉に細波のように広がっていった。術後の痛みが、スーと魔法のように消えていく。爽快な気分だった。何か異変が起こったと、思う間もない。一方的に、抗しがたい現象が矢継ぎ早に展開する。私の意志に関わりなく、まっしぐらに死の淵へ滑り落ちていく。私は、それを知る由もない。

瞼一面に、多彩な原色の幾何学模様が、万華鏡のようにグルグルと円を画き、みるみるスピードをあげて回転する。意識を失うまで、一〇秒もなかったろう。眼前に、オレンジ色と黒色の列した鮮やかなすだれが、ザーザーと鼓膜を響かせて急速に落下する。

次の瞬間、視界は、幕が下りたようにパタンと閉じた。

一掬の影

還暦をすぎて、齢は、万有引力の仕業と覚る。顔貌の老いも肢体の変わりも、わが肉体の弛みであり垂れである。外形がそうであれば、見えない内臓も同じ現象を呈すると知る。はかない抵抗と知りつつ、私は、万有引力に逆らってきた。

仕事上、毎週、新幹線で東京と新潟を往復する。

東京では、早朝、ジョギングを欠かさない。大学の学長公舎が、千代田区九段の二松学舎大学の裏手にある。一〇階建のマンションの一室に居る。

この辺りは学生時代、体育の実技で、皇居一周のマラソンに励んだエリアである。休日には、内堀通りを渡ると、右手に皇居を眺めながら、代官町の美しい並木道を通り、北の丸公園を抜けて内濠を駆ける。日本一贅沢なジョギング・コースである。

新潟では、夕方、筋トレに精を出す。自宅から車で七分、市の西新潟スポーツセンターがある。自己流だが、ランニングマシーンやエアロバイクに汗を流す。ここに通うのは、ダイエットやジョギングでは、リバウンドを繰り返すだけ、と覚った五年前からだ。食事は一日二食だが、仕事が不規則なので、体重六八キログラムを保つのが精一杯。要は、筋肉づくりなのだ。

肥りやすい体質に、運動をしないと気分が悪い、という習性が身について久しい。

外科医近藤秀一

平成一七年四月初旬、半蔵門に近い裏通り。前方を行く老婦人が、車道を蛇行しながら歩いている。前のめりで異様に小走る。朝未だきとはいえ、車が往来しはじめている。「あぶないですよ」と駆けよって、抱きかかえた。目が血走り、白髪が額一面に汗に塗れていた。両手の指に靴紐をからませ、脱いだズックが左右に踊る。「おばあさん、大丈夫ですか?」胸を弾ませながら、彼女は、妙に落ち着いていた。

七〇代の身奇麗な徘徊老人である。腕を取って、一番町の袖摺坂近くの交番に連れていく。「おばあちゃん、またですかあ」若い警官が、事無げに引き取った。どうやら一度や二度ではないらしい。家族に電話する間、彼女は大人しく椅子に座っている。厚手の白い靴下に、濡れた桜の花びらが散乱していた。

終日、憂鬱だった。あの老婦人は、どのぐらい歩いていたのだろう。家族もお手上げなのだろう。車に撥ねられなければよいが……。

翌朝、同じ時刻、同じコースだったが、老婦人には出会わなかった。内心、安堵する。

その日の昼休み、渋谷の渋谷中央病院を訪れた。三〇〇床の総合病院である。

病院長の近藤秀一は、高校時代の同級生、誕生日が同じことから顔馴染みになった。十数年前、学習院同窓会の主催で彼の講演があった。腹腔鏡を用いた腹部手術が、テーマだった。腹部に数カ所あけた小孔から光スコープを挿入し、開腹せずに手術する方法である。その数年前、胆嚢摘出の開腹手術を受けたので、私には関心があった。

久しぶりに会った近藤は、五〇を越えて脂の乗り切った外科医だった。専門は、消化器外科。彼もまた、メスを握る〝神の手〟を持つ。そのプライドと自信に満ちていた。しかし、生来の誠実さと責任感が、自らを〝神〟とは錯覚させていない。

講演後、取り囲まれて質問攻めに遇っていた。その夜、目白の居酒屋。数人の仲間と彼を囲んで痛飲した。

近藤は、一〇年前に墨田区の聖駒形病院から、渋谷中央病院の外科部長に移り、五年前に病院長に就いていた。

院長室から、渋谷の春の街並みを見晴らす。

元ナースらしい年配の秘書が、茶を運ぶ。私が日本歯科大学の学長と聞くと、にこやかに「小林です」と自己紹介した。「弟が日歯の卒業なんです。今は、江古田で開業しています」

「そうですかあ」と、私は相好を崩した。見知らぬ方から、親しく声を掛けられる――自分の職業を有りがたいと思う。

私の勤める日本歯科大学は、来年、創立100周年を迎える。その記念行事の一つとして、近藤の特別講演を企画した。来意を告げると、応諾が跳ね返ってきた。テーマは、腹腔鏡下の外科手術とした。

「最近、内視鏡流行(ばや)りで、若い医者の開腹手術の腕が、落ちているんですよ」彼は白衣の袖をたくし上げながら、裏話を吐露した。恰幅のいい姿態、闊達な話しぶり、謙虚な物腰は、患者を〝信者〟に変えるオーラがある。

不意に、ノックもなしに、院長室の扉が開いた。振りむく近藤に、七〇歳前後の女性が半開きのまま、「先生、見ていただきたいものがあるんです」と告げた。「ああ、山下さん」と彼の表情が和らいだ。馴染みの患者らしいが、不躾だ。

彼女は、両手で胸に大きな封筒を抑えていた。両目が、釣り上がっている。その背中を押して、夫らしい同年代の男性が従いてきた。有無を言わせぬ厚顔が、垣間見えた。近藤は、「ちょっと待ってて下さい」と私に断わり、突然の来客を隣の応接室に導いた。応接室のドアは、開け放しだった。

三人が、ソファに向き合う気配がする。「どうなさいました?」と問う近藤を遮って、「近藤先生、これを見て下さい」と女性の甲高い声。カサカサと、大封筒を開ける音がする。どうやら、X線フィルムらしい。

それを受け取った近藤が、ソファの横のシャーカステン(射光器)の明りを点けた。フィルムの画像が、浮かび上がったようだ。

私は、嫌な予感に襲われた。「近藤先生、これは何でしょうか？」女性が、フィルムの一隅を指したらしい。

「ガーゼですねえ」彼は、落着いていた。「ガーゼを残したようですね」

私の肌が粟立った。近藤君……。

彼はまだ、患者夫妻が、セカンド・オピニオン（第二の見解）の相談に来たと思っている。悠々迫らない。女性の声が裏返った。「これは、一三年前に、聖駒形病院で、先生が手術した私のお腹です」

一瞬、声にならない呻きがした。

それっきり、応接室は沈黙した。私は、焦った。聞いてはならないことを、聞いてしまった。今さら、逃げるわけにもいかない。沈黙は、十数分、続いたろうか。その険しい時間は、近藤の受けた衝撃を語っている。

沈黙を破ったのは、患者の夫であった。「あの時の手術を手伝ったのは、平井先生でした。担当の看護婦は、高田さんと今さんでした。皆さん、ミスを認めています」

彼らはすでに、弁護士を同行して事実関係を調査している。そのうえで、乗り込んできたのだ。

近藤は、答えない。

夫は、勝ち誇ったように続けた。「平井先生は、害にはならないと言ってました。でも先生、そういう問題ではありませんよね」慇懃だが、容赦ない物言いだ。その一方的な攻撃に、近藤は為す術もない。

だんまりに苛立ったのか、夫は威丈高になった。「近藤先生、ミスをお認めになりますね？」返事はない。険悪な空気が張りつめた。彼は、重ねて迫った。「認めるんですね⁉」

患者夫妻は、近藤が認めるまで梃子でも動かない。逃げ場のない尋問。調べる時間を欲しいとも言えない。近藤は、沈黙したまま、首を垂れて頷いたらしい。堪えていたのだろう、患者の啜り泣きが洩れた。

「今日のところは、これで帰ります」夫は、精一杯、捨てゼリフを吐いた。応接室の扉が開く音がして、二人の足音が廊下を遠去かっていく。

それから一〇分ほど、私は、近藤を待っていた。医療ミスを自認する現場に立ち会ってしまった、間の悪さが悔やまれる。意を決して、ドアに足を忍ばせた。

応接室には、シャーカステンが輝いていた。フィルムに映った粗織りの綿布が、私の眼球を射た。腹膜と腹壁の間だろう、細長い一〇センチほどのガーゼ。一摘みできる大きさだが、もはや、消しようのない陰影であった。

近藤は、ソファに沈んでいた。悪夢のような一刻。恰幅のいい背が、小さく見えた。彼はユラリと立ち上がって、青ざめた顔を向けた。
「ああ、君、いたのか……」

体内の異物

ふつう外科手術は、執刀医には、向かい側に補助医、脇に第一看護師、補助の第二看護師がつく。手術の難度により、人数はふえる。第一看護師は、執刀医の指示により、使用する手術器具を手渡す。準備したメス、針、ガーゼなど、器具類を細かく点検するのは、第二看護師である。

手術が終わると、執刀医は、手術部位とその周辺を念入りに診る。腹部手術では、術後に腸捻転を併発しやすいので、ゴム手袋の手を突っ込み、ワサワサと揺らして腸の屈曲を整える。

腹腔内の確認が済めば、切開部を縫合する。看護師は、針やガーゼに至るまで、術前との数を合わせる。血液体液に塗れたガーゼ類のチェックは、厄介である。しかし、数え間違いは許されない。術後、X線撮影をすれば、体内の置き忘れはすぐに見つかる。けれども、ふつう術後の撮影は必要としない。

ある火葬場の骨揚げ（骨拾い）。焼けた骨の中から錆びたペアン鉗子（持針器）が出てきて、大騒ぎになったことがある。執刀医は、とうに死亡していた。遺族の遣り場のない憤りが、残された。

いずれにせよ、数え間違いというミスの実行者は、担当看護師である。執刀医は術後、一々、使用した器具をチェックしたりしない。しかし、置き忘れを見逃したのは、執刀医である。

そうである以上、決して責任転嫁できない。どう弁明しても、執刀医の責任は免れない。

一三年前といえば、私が同窓会での講演を聴いた頃だ。彼が、外科医としてもっとも円熟した時期である。自らの腕を、寸毫も疑わなかったろう。年間一五〇件としても、三十数年間、彼は五千人近い手術を手掛けた筈だ。大方の患者と家族から恩人と感謝され、彼もそれを存分に享受したことだろう。

無残にも、外科医としての完結期に、五千分の一のミスが知らされた。予想だにしなかった無念の凡ミスである。その事実は、一瞬にして、彼の外科医人生を粉砕した。奈落の底へ突き落とされた思いだったろう。誇り高い謹厳な近藤だけに、その心痛は察して余りある。

一方、一枚のX線フィルムが、患者を悲劇の被害者に落とし入れた。一片のガーゼだが、不当にも、それは体内に存在しているのだ。悪さはしていないとはいえ、彼女にとっては、耐えがたい異物である。その暴状が、信頼しきっていた医師によって為された。故意でも、悪意からでもない単純なエラー。だが、患者にとっては、理不尽な過誤だ。彼女の憤り、不信、おぞましい不安は、察して余りある。

私は、なんとか気持に整理をつけたかった。第三者なのに、どうにも割り切れない、吹っ切れないのだ。人は、ミスを犯すもの。五千分の一に当たった彼女が、不運だった……。医療には、運不運が付きものだ。

大学の公用車の車中。

「最近、調子はどう？」運転手の千葉博志に尋ねた。「ピンピンしてます」と、嬉々とした声が返ってきた。

実は、彼は昨年一〇月、夜半、意識朦朧となった。救急車で病院に担ぎ込まれたが、記憶にない。即、手術室へ運ばれた。当直医は、「すぐに楽になりますよ」と付き添う家族を慰めた。頭部の開頭手術だった。

数日後、私は、府中の都立府中病院を見舞った。ペットボトルを片手に、千葉が廊下をトコトコ歩いている。エエッ、もう起きてるの！

聞けば――一カ月ほど前、頭を打ったが、痛みもなく忘れていた。その打撲部から、ジワジワと血液が滲み出していったのだ。たまたま当直医が、脳外科医だった。一発で、クモ膜下出血と診断した。頭蓋骨に小さな孔を穿ち、クモ膜下腔に広がった血腫を除去した。二〇分ほどの手術だったという。

「ほんとうに、運が良かったねえ」私は、彼の強運を三嘆した。その夜の当直医が、消化器医や循環器医だったら、診断に時間を要したろう。一刻を争う病状だったに相違ない。当直医が、眼科専門ということもある。

四月下旬の連休前、近藤がアポなしで大学を訪ねてきた。「やあ」と、片手を挙げて笑顔をみせた。依頼した講演の断わりだった。やむをえない、そんな心境ではないだろう。私は、話題に窮してモゴモゴしていた。同業ではないので気安かったのか、彼は意外に饒舌だった。

あの山下幾代は、初期のガンだった。当然ながら、手術の経緯は記憶にない。近藤が渋谷に移ったあとも、毎年、遠方から、定期検診に通っていた。信じられ、頼られ、慕われていたのだ。

三月下旬、食痛に襲われた山下は、近くの開業医に罹った。腹部をX線撮影した。ここで、両者の関係は一変した。医師は、十数年も診てきた患者の信頼を一夜にして失った。信頼が厚かった分、患者の反動は強い。

近藤を訴えるつもりはない、と言う。「公になると、先生もお困りでしょうから」夫が、横柄に口を添えた。

ガーゼを摘出する手術は、身震いして拒否した。もう二度と近藤のメスは受けたくない、と。他の医師でも、再手術は嫌だと言う。慰謝料を要求することもない。

その代わりに、近藤の喉に刃を突きつけた。「これからは、責任もって検診して下さい」

私は内心、ホッとした。大事(おおごと)にはならない。

辛いだろうが、検診は近藤の役目だ。「それが……」と彼は苦笑いした。「毎週、検診に来ると言うんだよ！」

毎週！　それは堪らない。慰めの言葉は白々しい。玄関まで送りながら、彼が快活を装っていると感じた。むろん、この一件で彼の五千余が否定される訳ではない。しかし、堤防の一穴、彼の中ではすべてが崩れ去ったのだろう。まだ虚脱感を抜け切っていない。

近藤の凶報

学長公舎から靖国神社の境内を横切って、九段高校に出る。そこから早稲田通りを飯田橋駅に下る途中に、日本歯科大学がある。

五月下旬、朝方、九段高校の正門前の交差点。

私は、所在なく信号待ちをしている。横にいた肥った男性が、突然、地響きを打って背後に転倒した。振り向くと、肉塊が腹部から頭部へ激しく痙攣し、土ぼこりをあげて地面を震わせている。

てんかんの発作だ！　とっさにポケットのハンカチを、ガチガチ噛み合う前歯の隙間に押し込んだ。指を噛みちぎる勢いだった。傍らに立ち竦む女性に、消防署へ電話を頼む。凄まじい痙攣が続く間は、手の施しようがない。私は、三五年ほど前、入学試験の受験生が廊下に昏倒し、病院に運んだ体験があった。彼は薬を飲むのを忘れたか、過労だろう。幸い、厚手のスキー帽を被っていたので、頭部の打撲は免れたようだ。

麹町消防署の出張所が、靖国神社向かいのインド大使館の横にある。救急車は、数分も経たないうちに着いた。痙攣は治まっていたが、まだ全身が波打っている。救急隊員を手伝って、担架に乗せた。

大学の会議に遅れた。

七月初旬、モンゴルのウランバートルにいた。

帝政ロシアの名残りのある美しい首都だ。モンゴル健康科学大学（旧、医科大学）歯学部と、姉妹校提携の調印をした。モンゴル人の四人に一人は、Ｂ型肝炎ウイルス保有者と聞く。横綱の朝青龍が、同医学部の病院にＣＴ（コンピュータ断層撮影装置）を寄付したが、とうに故障したままだと言う。

先発していたモンゴル大学・日本歯科大学の合同研究プロジェクトのチーム五人と合流した。私どもは、同大学の考古学・人類学講座と共同して、東アジア人の人類学的ルーツを追っている。

翌日、歯学部長のB・アマルサイハンに招かれて、郊外にある同大学のゲルに泊まった。遊牧民の住む円筒の移動式住居である。

夜半、遥か丘陵から満天の夜空を見上げた。夥しい星が、日本の数倍にも輝いている。チーム仲間が、「宇宙船です！」と指した。「ほんとにサテライトですね」傍らのアマルが、星影の一点を私に教えた。確かに、四角い人工衛星が、天空を健気にコトコトと飛んでいる。私は、「野口さん、乗ってますかねえ?」とはしゃいだ。折よく、日本人宇宙飛行士の野口紘一氏が地球を回っている日だった。

異国では、気分が高揚する。忙しさにまぎれて、この二カ月、近藤とは無沙汰だった。なぜか、モンゴル発の一報を入れたくなった。ホテルから電話を鳴らすと、秘書の小林良子が出た。携帯なのに、まるで隣家の声だ。

「近藤先生は、如何ですか?」

彼女の返事が掠れた。通信が途切れたか、私は繰り返した。「お元気ですか?」

口籠りながら、小林は声を潜めた。「実は、先生は、先月、病院をお辞めになりました」思わず、声高に聞き返した。「病院を辞めたんですか？」

「はい……」彼女のトーンが、さらに下がった。受話器を両手で覆っている。「それが、五月の連休に、あの患者さんが亡くなったんです」

私は、息を呑んだ。急き込んで、「山下さんですか⁉」あのガーゼが、脳裡を掠めた。「ハイ、でも急性の心筋梗塞で、アレとは関係ありません」今さら、あの場所のガーゼが、死因になる筈はない。私は、電話口で相槌を打った。

連休明け、妻を失った山下高男が、外科外来に怒鳴り込んできた。「お前が殺したんだ！」「お前のミスで死んだんだ！」

外来や待合室は、騒然となった。駈けつけた職員数人が、荒れ狂う彼を羽交い締めに院外へ連れ出した。診察中、罵声を浴びた近藤は、呆然自失、立ち尽くしていたと言う。

その夜、近藤は山下宅に霊前を乞うたが、門前払いを食らった。彼は、砂利道に悄然と佇んでいた。

「人殺し！」それから三日に上げず、山下の喚き声が、長い外来の廊下に響きわたった。「ヘボ医者！」「何が院長様だ！」

職員に追い出されても、所構わず「近藤、出てこい！」と怒鳴り散らした。ミスは、病院中に知れた。警察沙汰にする訳にもいかない。待合室の患者は眉をひそめ、ヒソヒソと額を寄せる。反感と同情が相半ばした。

ミスが発覚してから、一カ月余の急死である。寝ても覚めても、異物の存在が彼女を苛んだ。その過度なストレスが、引き金となったのか。しかし、人のストレスの度合いは計れないから、置忘れガーゼと死因との因果関係は立証できない。

終わりに、小林が涙声で伝えた凶報に、私は度を失った。

近藤は、罵声がはじまると、うろたえて外来を離れ、院長室に引き籠った。仮借ない波状攻撃に、硬直し塞ぎ込んだ。プライドは粉々に打ち砕かれ、自責の念に苛まれた。一カ月も経つと沈鬱が昂じて、抑鬱状態に陥った。病院に出なくなった。もう病院長の職務も、外科医の役目も務まらない。彼は、突発的に人生のクレバスに落ち込んでしまったのだ。

近藤の妻が、先月末に彼の退職届を持参したと言う。

鬱病は、幾人も知っている。

新卒の女子事務員が、初出勤の日から、机にひろげた書類を睨んだまま微動だにしない。昼になると、可愛らしい手弁当を食べる。それから、夕方まで彫像のように固まったままだ。

構内で二度、三度、人気のない所にボヤが起きた。犯人は、一〇年も勤めていた三〇代の女性だった。鬱から躁になる時、マッチを擦るらしい。

定年退職後、老人性鬱病に罹り、一〇年余、部屋に閉じ籠っている男性もいた。かように、奇異奇矯な振る舞い、常軌を逸した深刻な病気だ。

近藤の訃報

モンゴルから帰国して、数日後。

抑鬱気分は、午前中に強いという知識はあった。夕方、電話口の近藤保子は、朗らかだった。

私の生家は、吉祥寺南口の井の頭公園際にある。近藤は、その公園の反対側の下連雀に住んでいたのを知った。

十数年ぶりに、公園の池に掛かる七井橋を渡った。池の両畔から鬱蒼たる緑が、水面に色濃く垂れ、スワンやボートを漕ぐ音がさざめいている。欄干下には、大小の鯉が鮮やかな銀鱗を乱舞させていた。終戦後、皆でバケツ一杯ずつの稚魚を放流した記憶が甦える。今ほど賑やかではなかったが、子供時代、暗くなるまで興じた遊び場だ。

近藤宅は、昔ながらの面影を残す閑静な住宅街にあった。玄関のベルに指を伸ばした途端、内からスーッとドアが開いた。保子が、扉の隙間を摺り抜けると、素早く後ろ手に閉めた。私は、思わず後退りした。まずい時に来たらしい……。

彼女は、声を潜めながら、「申し訳ありません。主人、具合が良くないようで……」と、幾度も両手を合わせた。「折角、お越しいただいたのに……」相当に悪いようだ。不調法を詫びて、私は、足早に玄関口を離れた。ズシーンと、錘（おもり）が胸底に落ちた。あの近藤が、只事ではない。

水の枯れた玉川上水沿いに、御殿山の井の頭動物園前を遠回りする。暮れゆく樹林の中を黙々と歩いた。闇が惻々と樹陰から下り、地を這う根元から迫（せ）り上がっていく。

今日は気分一新、コースを変更した。期せずして、一番町の交番前に出た。奥の椅子に、あの老婦人が両膝にズックを垂らして座っていた。年配の警官が、電話中だ。今朝も徘徊していたらしい。顔を伏せて、私は、一気に駈け抜けた。

残暑が厳しい。九月上旬、大阪歯科大学の佐川寛典理事長が、出張中の福岡空港で心臓病に倒れたと聞く。彼は一〇歳ほど年長だが、私たちは馬が合って仕事を共にした。大学に命を懸けている私学人の一人だ。

一二月下旬、薄れはしたものの、折々に、近藤の激変に胸が痛む。彼の自宅は憚られるので、渋谷の小林に電話を入れた。この半年間、彼女にも音信はない。病院では、もう忘れ去られている。

平成一八年二月中旬、井の頭公園を臨む洒落たプチ・レストラン。妹のリザ子、レチ子と夕食をしていた。

カラカラと銅鈴を鳴らして、五、六人の家族連れが入ってきた。親子らしい男女が、年配の男性を囲むようにして、私たちのテーブル脇を通っていく。男性は摺り足をしていて、歩みが遅い。

何気なく視線を上げると、サッと片手で顔を隠した。彼だ！　驚愕が私の喉元を突き上げた。黒ずみ痩せて怯え切った近藤の異相だ。落ち窪んだ両目の異様な暗さ。忌わしく顔を背けたまま、奥の個室に誘導されていく。彼は、私に気付いていた。腫れものに触るような妻と家族。そこには、以前の近藤秀一はいない。

店員が、ローソクを並べた丸いケーキを奥へ運んでいった。今日は二月一二日、私と彼の六五歳の誕生日だった。誕生日祝いに、彼を下連雀から連れ出したのだろう。家族の切ない心情。ローソクを吹き消したらしく、しばし拍手と笑い声が洩れてきた。

私は、彼の病状が切迫しているのを感じた。救い難い深淵を眼にして、抗せずして観念していた。

公用車の車中。

もう一人の運転手の斉藤治一の妻が、進行性の乳ガンの手術をした。術後の抗ガン剤の投与が、始まった。彼は、初めて経験する副作用の激甚を切々と語る。

「大変だね」斉藤は、胃潰瘍を患い、食物が摂れず、みるみる瘦せ細った。本人にも家族にも、病いは辛い。

近藤の訃報が届いたのは、誕生日祝いから五〇日足らずであった。電話口に涙する小林。来るべきものが来た。あの時から、私は、予感していた。遠からず、彼の死に対面するだろう、と。

「急に……急に……お亡くなりになって……」遠く小林は口を濁した。私は、問うまでもなく、自死と察した。暗然と、電話を切った。

川端康成は、ガスを吸って自ら命を絶った。あるアイドル歌手が、ビルの窓からダイビングした。世は、自殺者を悼みつつ、家族を残して、将来があるのに、と悲憤する。その死に方を、勇気を欠いた弱志と見なす傾向にある。しかし、意志が強い弱いの問題ではない。カソリックでは自殺を禁じるが、善悪の問題でもない。

鬱病は、ガン細胞が組織を破壊すると同じに、情動性の精神障害が神経を侵蝕し、ときに命まで奪う。神経が冒されるから、自分の意志で自らを律することができなくなる。したがって、自死の大半は、病死の一型と見るべきなのだ。無念だが、病気であれば受容せざるを得ない。

三月末日、目白のカテドラル聖マリア大聖堂。

十字架を象(かたど)ったユニークな大教会である。大聖堂内には、剥き出しのコンクリート壁が、四〇メートル高の天井へ向けて斜線に切り立つ。壁の照明が闇に消えゆく大空間。延々と甲板のように連なる礼拝席の後方に、座った。擦り減った古びた木製の席は、ヒヤリとする。

私は知らなかったのだが、近藤はクリスチャンであった。小林が近寄り、たがいに黙礼した。目を泣きはらしている。家族、親類、一握りの友人たちが、遥か前列の端に肩を寄せていた。

近藤秀一の通夜ミサである。

葬祭の盛大を愛(め)でるのではないが、近藤を鎮魂するには、あまりに寂しい。自殺を秘し、弔いも告知しなかったのだろう。概して、家族は自殺をひた隠すが、病死を恥じることはないのだ。一隅に歌うミサ曲が、密やかに仄暗いコンクリートの斜面に吸われていった。

一掬の桜

帰りの車を、渋滞の九段坂上で下りた。

煌々とライトアップされた千鳥ヶ淵。インド大使館から九段坂病院裏へ歩く。

堀の手前の桜樹は華やかな紅ピンクに染まり、堀の向こう斜面の樹帯は満幅の純白に輝いている。その妖艶な対比、処々に花見客の歓声が爆(は)ぜる。沿道の桜並木は、大きな傘を幾重にも重ねたように途切れず、その下を賑々しい雑踏が長蛇となって続く。

まさに春爛漫、今が年に一度の満開の時季だ。

私は、元フェアモントホテル前で足を止め、携帯を耳に押し当てた。「いま、千鳥ヶ淵だよ」と、公舎の妻優子に伝えた。遅い夕飯の支度中だ。「ハイ、待ってますよ」彼女の明るい声が、人波の雑音に呑まれた。

今朝は、靖国通りにルートを変えた。桜並木が冷たい風に煽られて、花びらが吹雪のようにビル街に舞い散っている。落ちた無数の花びらが、幾つにも渦を巻いて、アスファルトの上を疾走する。

花冷えである。

私は、手を差し伸べて、散りゆく一掬（ひとすく）いの花びらを両の平に受けた。一掬（いっきく）の桜……。

脇道に逸れると、遥か前方。両脇にズックを振りながら、車道を横切る老婦人の背が見えた。あのおばあさんだ。急ごうとした時、一陣の風圧に打たれた。視野の隅に、血相を変えた男性の横顔が過ぎた。息子さんだな、と直感した。自転車で、徘徊する母親を捜し回っていたのだろう。

彼は、薄いペダルを右に左に渾身に漕ぎながら、老婦人を追う。車道を埋めた花びらが、水飛沫（しぶき）のように左右に蹴散らされた。

逃げる

「あッちだァ……」

宿主（あるじ）の黒い指が、邪険に奥を指した。キクは、旅籠の裏手によろめき出た。草鞋は擦りきれ、膝上まで泥に塗れていた。

昨日の昼下がり、行商人が言伝てをもたらした。夫のゲンが、山越えの地蔵宿で病いに伏せている、と。キクの頬に、怯えが走った。母親のヨネに、ヒデとタマを預けた。三歳と一〇カ月の赤子である。

昼夜を措かず、山間いの街道を駈けた。

古びた納屋の板戸が、キイキイと揺れている。息を詰めて、半開きを押した。乾いた藁と糞尿が、鼻をついた。

「……あンた」

板壁に射し込む夕陽の縞に、ゲンが海老のように臥していた。キクの両膝が崩れて、「あンた！」と肩先を抱いた。頭がグラリと揺れ、兎のような両目を開いた。唇を震わすが、口内や喉が爛れて声にならない。喉を裂く咳、汚れた莚（ござ）に黄痰が飛び散った。

流行病（はやりやまい）だ――戦慄が奔り、キクは、凍りついた。顔、首、耳後ろ一面が、暗紅色の斑に覆い尽されていた。はだけた胸から、手も、足まで夥しい紅斑に彩られている。ただならぬ様相であった。

喘ぎながら、ゲンは、莚の裏に爪をたてて、布袋を引き摺りだした。震える手をキクの膝に押しつけると、精根尽きて折れるように首を垂れた。「銭ッこだね、銭ッこだね」

キクは、その巾着を胸に握りしめた。女房に、出稼ぎの労銀を渡したかったのだ。

キクは、宿主に粒銀を握らせた。彼の頬がゆるんだ。納屋には寄り付かないので、ゲンの病状を知らないようだ。水桶を借りた。拭こうにも、額まで紅斑に腫れている。手拭の水を唇に絞ると、吹き出すように吐いた。初めて目にする凄まじい病状……手の施し様がない。

暗闇のなか、裏の井戸でドロドロの手拭を濯ぐ。一昼夜駈けたキクは、その場に眠りこけた。一刻（約三〇分）も経ったか、ふと、母屋の壁越しに声が洩れてきた。西方から魔物が、次々に村々を襲っている。すでに、大小の村里に人影が絶えた。東進は一向に止まず、今、一〇里先の大宿場町に猛威を振るっている。「あれは、麻疹だなァ」

ましん！　キクは、慄然となった。

二十年前、麻疹が、西から山越村に襲来した。旬日のうちに、兄、姉、祖父、祖母が死に、近所の叔母、叔父、従兄、従妹も死んだ。ヨネと、抱かれていた乳呑み子キクが、生き残った。出稼ぎにでていた父は、辛うじて免れた。

まさしく、ゲンの容態は、ヨネが厳しく説き聞かせた麻疹の病状であった。間違いなく、あの恐ろしい死病だ。夫は、助からない……。

震えながら、井戸端から納屋へ這った。麻疹の病人には触れるな、近寄るな、と痛く戒められた。だが、ヨネは繰り返した――キクは、もう二度と罹らない、と。免疫の知識はなかったが、人々は恐怖体験から、麻疹は一度罹ると、二度は罹らないと知っていた。板戸を鳴らしながら、キクは、「あたしは罹らね」と呟いた。

ゲンの病状は、悪化していた。焼けるような発熱、断続する悪寒、掻きむしる胸痛、ゼイゼイと鳴る呼吸、怪鳥のような乾咳。その苦悶の傍らに坐したまま、為す術もない。

病勢は、刻一刻と険悪になる。喉から胸が激しく波打ち、ヒューヒューと喉笛が鳴り、呼吸困難に陥った。悪霊に取り憑かれている。濡れ手拭を握りしめ、キクは、月明りに迫る死相を凝視していた。

未明、ゲンは息絶えた。苦悶の消えた酸鼻。彼の身体から、悪霊が去った。悪霊が戯れた全身の吹き出物は、消えない。実に、死因は発疹ではなく、併発した肺炎などの合併症であった。麻疹いわゆるはしかは、麻疹ウイルスによる小児の代表的な発疹性の急性伝染病である。ウイルスの伝染力が強いので、感染すると九五パーセント以上に発病するが、ふつう七~九日で回復する。現代では、小児の罹る軽度の感染症の一つである。

変わり果てた二四歳。ただ呆然と、キクは、枕辺に坐していた。泣きもせず、涙も流さず……世帯を持って四年だった。

江戸の時世、死は現代よりはるかに身近にあった。人々は常に、死と隣り合わせに暮らしていた。公方様のお世継でさえ、流行病でコロリと逝った。大人も子供も誰彼なく、紅い発疹に襲われてバタバタ倒れ、コロコロ死んだ。

「疱瘡は美面定め、麻疹は命定め」と風評した。疱瘡は、今でいう天然痘である。疱瘡は容貌を奪うに留まるが、麻疹は生命を奪うと恐れられた。疱瘡は毎年、各地に散発して醜い痘痕の子を残した。麻疹は、ひとたび発生すると、山を越え村を駆けて大流行し、死屍累々と惨状を残した。

文久二年（一八六二）の麻疹禍は、猖獗を極めた。その夏にでた死亡人調書によれば、江戸府内だけで七万六千人弱であった。実際には、各寺が届けでた墓穴数は二四万弱にのぼった。当時、府内の人口は一〇〇万人足らずであったから、実に、四分の一が死亡したことになる。

麻疹に限らず、死は至る所にあった。麻疹後に生まれた妹は、十年前に脚気を患って急死した。麻疹を免れた父は三年前、卒中に倒れて半身不随のまま悶死した。だから、キクには、二一歳なりの死生観があった。

板壁の隙間から、仄白い縞が浮かんでいた。キクは、バネのように立ち上がった。編笠を結び、脚絆を巻く。納屋を走りでると、母屋の軒下に吊るされた草鞋を摑み取った。忙しく一足を穿き、もう一足を腰帯に結んだ。

納屋の脇、竹矢来に垂れた尚早の胡瓜。夜露に濡れた一本を折ると、鷲摑みにかぶりついた。苦い汁が、飢えた口内にあふれた。頬張ったまま、巻きついた巻鬚ごと五、六本を引きちぎって、帯の前後ろに挟み込んだ。それから、納屋に深く合掌し、母屋に一礼した。

踵を返して、朝靄のなかを脱兎のように駈けだした。後ろ髪を引かれるが、夫を埋葬している暇はない。死んだ者は、還らない。事態は切迫している。一刻も早く、山越村に戻らねばならない。キクの足音が、冷気の残る淡墨の街道をひた走る。

三都（江戸・京都・大坂）では、悪疫をもたらす魔物を鬼に見立てた。疱瘡は痘鬼、麻疹は疫鬼と呼んだ。キクには、そんな俗耳はない。彼女を追い立てるのは、圧倒的な鬼気である。目に見えない悪霊が、西方から刻々と迫ってくる。一瀉千里に伝播する恐ろしさ、その兇暴に抗える者はいない。

はしかは、麻疹ウイルスという病原菌の飛沫感染である。当時、病原菌や感染という認識はないが、悪霊は人から人へ乗り移るらしい、という経験則はあった。すでに、キクは、悪霊の走る速さを計算していた。地蔵宿の一〇里先にある大宿場町が、悪霊の本陣だ。そこで取り憑かれたゲンは、地蔵宿まで来て倒れた。おそらく、地蔵宿では初めての発病者だろう。悪霊は、ゲンの次に乗り移る人間を物色している。

地蔵宿が、悪霊の先陣だ。ここから山越村までは、おおよそ一〇里ある。歩けば、日速五里（約二〇キロメートル）として二日で着く。丸二日後には、山越村が襲われる。本陣が襲来するのは、四日後だ。キクは、悪霊の速度は旅人の歩く速さ、と察していた。駈け戻れば一昼夜、明朝には山越村である。魔の手に追い付かれることはない。

実際には、麻疹には一〇日ほどの潜伏期間がある。キクは知る由もないが、それでも彼女の計算は、決して的外れではなかった。

山腹が朝焼けに染まり、日差しが赫々と街道を射した。にわかに、汗が噴き出す。胡瓜を食したので、止まっていた母乳が胸元を濡らした。娘のタマが欲しがる乳……。

早立ちの旅人が、ゆっくり近づいてくる。擦れ違いざまに、キクは、甲高い叫びを挙げていた。「ましんが来るよッ！」何も知らずに、地獄に向かっていく人――知らせてあげねばならない。一瞬、彼は足を止めたが、慌てず騒がず歩きだした。キクには、麻疹情報を伝えるのが精一杯だった。

深編笠をかぶった虚無僧の一団。「ましんが来るよッ！　ましんだよォ！」と、喚きながら駆け抜けた。左右に割れた一団が、乱れてざわめいた。

遠く山裾をゆるやかに蛇行する街道に、旅人の影が目立ってきた。土埃をたてながら、キクは、声を嗄らして叫びつづけた。彼女の剣幕に後退りする者もいた。血相を変えて立ち竦む者。オロオロと行きつ戻りつする者。キクの袖を摑んで、場所を問いただす者もいた。山向こうを指し、地蔵宿まで来ていると教えた。彼女の先触れを、悪戯などと疑う者はいない。

往きに難渋した峠越え。息せき切って、キクは、道端にペタンとへたり込んだ。草鞋が、どす黒く染まっている。汗と乳と血の垂れ流しだ。荷を担いだ五〇近い行商人が、竹筒に入れた水を差しだした。ぬるいが、旨かった。麻疹が流行る街を行商して歩いた、と言う。幼い頃に罹った麻疹が軽くて、生き延びた。幼い娘も罹ったが、生き残った。一二年後、彼女が孫娘を生んだ時、ふたたび麻疹に襲われたが、孫娘は助かった。皆、生まれつき丈夫なのだと、彼は、呵々と笑った。赤子が死なない……キクは、上の空だった。

実は、母親が麻疹に罹患していれば、赤子には、母体から免疫体が受け継がれる。そのため、生後三〜四カ月までは罹患しない。いわゆる母子免疫である。この免疫体は少しずつ減少し、七カ月後には消失する。

草鞋の紐を締めなおして、キクは、転がるように峠を下った。行商人の一家は、二度の麻疹下を生き抜いた。「悪魔は二十年たったら、また来るからなッ」ヨネは、まなじりを吊りあげて語り継いだ。ちょうど二十年目——母親の予言どおりだ。

麻疹は、江戸時代には、頻度の少ない流行病であった。しかし、周期的に流行を繰り返した。養生書は、「麻疹は二二、三年廻りに、一度づつ流行して、漫(みだ)りに流行せざるは、頗(すこぶ)る奇と謂ふべし」と記し、その習性を不可解至極とした。麻疹除けのはしか絵（浮世絵）には、流行年と周期を列ねた麻疹年表が掲げられた。流行歴は、享保一五年（一七三〇）以降は二十数年に縮まった。

麻疹は、ひとたび流行すると、その地域の住民はことごとく罹患した。不衛生のうえ栄養不良だったので、大半は麻疹肺炎で死亡した。僅かの生き残りに免疫ができると、蔓延していた麻疹は嘘のように沈静した。その後、免疫のない世代が成人する頃に、ふたたび来襲する。このパターンを繰り返したのだ。

夜は、月明りを頼りに、暗い街道を足早に歩き通した。仏(ほとけ)山を迂回すれば、すぐ山越村だ。ここまで来ると、キクは、躊躇なく街道脇の細い山道に折れた。腰高に生い茂る都笹を、掻き分け踏み分け猛進した。仏山は低い里山だが、崖あり谷あり、幼い頃の遊び場だった。日の暮れるのを忘れて、ゲンと密やかに淡い春情に戯れた。

キクは、谷間に伝い下り、清冽な渓流沿いに岩から岩へ跳んで渡った。流れのゆるむ浅瀬に足を止めた。終日、ゲンと岩魚捕りをした穴場だ。辺りを見回しながら、首に吊るしたゲンの巾着を引っ張りだした。棒切で穴を掘り、巾着を埋め、目印に四角い石を置いた。

破れた編笠を脱ぎ捨てた。それから、キクは、やにわに、よじれた帯を解いた。脱いだ小袖を、思い切り波立つ流れに放った。谷風に煽られて、水面に浮いたまま幾度も旋回した。ついで、両の脚絆を剥ぎ取って捨てた。おわりに、赤い腰巻を遠くに投げると、そのままザブンと浅瀬に身を躍らせた。谷間を映す陽に、白い裸体が凛々と輝いた。

爽快！　頭の芯まで痺れて、一瞬、三日間を忘れた。思わず奇声を発し、両手で水面を叩いて、顔や胸に冷水を撥ねた。飛び散る飛沫が、燦々、彼女の頭上に華やかな虹の輪を掃いた。

キクに、ウイルスを洗い落とす知恵があった訳ではない。ひたすら、醜い悪霊に触れた肉体を清めたかったのだ。清流に顔を洗い、鼻と口を漱いだ。流れに両肩まで沈むと、川底の砂を一握りし、腕から手へ激しく擦りはじめた。汚れた爪も、真砂で磨いた。破れた草鞋を履き捨てると、川底の砂利に傷だらけの足裏を擦りつづけた。ふやけた両手で、足も腿も尻も腹も胸も、赤くなるまで砂擦りした。

六月（新暦七月）初めだが、さすがに山の水は冷たい。つぎに、束ねた髪を無造作に解いて、前屈みに水面に垂らした。髪は、急流に曳かれて黒々と広がり、艶やかに流れた。その髪に砂をまぶして、荒々しく濯いだ。キクには、病原菌の有無など思いも及ばない。悪霊の霊気が取り憑いている、と脅え恐れたのだ。それが、人の手で払い落とせるのか、分からない。ただ、動物的な勘が、彼女を突き動かしていた。

仕上げに、砂を一掴み、口に放り込んだ。ゲンの口内の爛れが、瞼に焼きついている。歯から喉まで幾度も幾度も漱いだあと、泡を吹く砂を吐き出した。

浅瀬から上がると、張りつめた肌に水滴が滴り、乾いた岩に目映く撥ねた。冷えきった肩や腿が震え、歯の根が合わない。濡れた髪を絞り、後ろに結びなおした。霊気は、渓流に流れ去った……これで村に入れる。

さあ、キク、素ッ裸をどうする？　夏草や灌木に埋まった山道を戻りながら、思案する。枝葉を繁る樹々が、眩しく陽射しをさえぎる。目敏く、無数の葉に覆われた樹を見つけた。春先、この樹を巻く色濃い蔓を切って、あふれる甘い汁をゲンと啜った。修行中の行者が喉を潤したことから、〝行者の水〟と呼ばれる。

樹皮に絡みついた蔓を、両手でズルズル引き剥がした。樹に片足を踏ん張って、蔓の先を勢いよく引きちぎった。青葉を重ねた蔓を、幾重にも太い腰に巻きつけた。素肌に食い込む蔓が、痛い。彼女の腰まわりに、深緑の精霊が群れた。

「よッシィ」頬を引き攣らせて、キクは、元の街道に駆け下りた。そのまま、村へ掛かる万力川の橋を渡った。三間の木造りの橋である。昔、欄干から落ちた赤子が、橋杭に引っ掛かったことから、幸橋（さち）と呼ぶ。裸足が、ピタピタと忙しく土を蹴る。薪を背にした老人の脇を、一気に駈け抜けた。里に山姥（うば）（深山に住む鬼女）が現れたか。顔馴染みの小母が、呆気にとられて見送った。「キクちゃん。気が狂（ふ）れたかのゥ」

「おッ母ぁ！」開け放した戸口から、土間に走り込んだ。独楽（こま）をいじっていたヒデが、ギョッと後退りした。「ヒデ！」と、蔓巻きのまま抱き寄せた。腰の枝葉に顔が埋まって、暴れた。板の間に転（うた）た寝していたヨネが、仰天した。「キク。どうしたァ!?」

母親を見て、キクの痛苦が爆（は）ぜた。ゲンは死んだ、麻疹が来る——ヨネは、ヘナヘナと腰を抜かした。婿の死と二〇年目の麻疹。キクは、腰に結んだ蔓を苛立たしく解いて、土間に投げ捨てた。押入から柳行李を引き摺りだすと、洗い晒しの小袖を奪い取るように着込んだ。綾柄の帯を締めた瞬間、山姥が女人に戻った。

飛び交う家蝿を払って、土間の竈（かまど）の釜を開けた。釜の底に、三葉を刻んだ稗飯。杓子で、ボロボロと頬張った。三日ぶりの飯粒だった。噎（む）せながら、呆然自失のヨネを一喝した。

「おッ母ぁ。山さ逃げる！」

草履を引っ掛けると、二軒先のクメの家に小走った。クメは、縁あって、遠い西方の漁師村から嫁に来た。キクの知らない海を懐かしんだ。団扇（うちわ）で家蝿を追いながら、三カ月の娘フクに乳首を与えていた。先に貰い乳をしたタマが、煎餅布団に眠っている。満腹だ。「クメちゃん。ありがとゥ」抱きあげると、タマは泡の乳を吹いた。

起こさないように、摺り足で戻る。嗚咽しながらヨネが、籠に当座しのぎの物を積めていた。竹を編んだ中型の背負い籠である。痛風の足を引き摺って、木櫛や手拭を放り込んだ。キクは、おぶい紐を胸元に回し、タマを前抱きにした。ヨネは、重たい籠を娘の背に負わせ、乳臭い孫娘に幾度も頬摺りした。「さあ、おッ母あ。行こゥ」と急くキク。だが、ヨネは、「この足では駄目だのゥ」と両手で拒んだ。「あたしは大丈夫だァ。あたしは罹らないよォ」

一刻も早く村を離れたい。母親は、ここに残っても助かるだろう。タマとヒデを守らねばならない。縁先に干したおしめ二枚を籠に押し込むヨネ。予備の脚絆など置いていない。野良用の笠を固く結んだ。下ろし立ての草鞋をきつく締めると、キクは、無言でヒデの手を握った。ヨネが持たせたのだろう、麦藁で編んだ団扇を振っている。「ヒデ。行くよッ」母親を振り切って、キクは、土間を飛びだした。勢いの余り、ヒデの両足が宙に浮いた。鶏が数羽、騒しく飛び跳ねて逃げた。幸橋を渡ると、村の共同墓地を横目に、仏山のすぐの間道に入った。ここなら、地蔵村からの旅人には出会わない。実に、彼女は、山越村には半刻（約一五分）もいなかった。

母子連れの逃避行が始まった。

山越村には、街道を挟んで、三〇戸足らずの藁葺き農家が散在する。貧しいが、平穏で、飢えることはない。彼らは、土着の民なのだ。だから、麻疹が迫っても、避難するという発想は湧かない。一時的にも離れることは、村を捨てると同じだった。元々、山里には、麻疹情報は伝わりにくい。たとえ、耳にしても、麻疹除けの呪(まじな)いや護符に縋り、ひたすら悪疫退散を祈願するばかりである。だから、坐して死を待つという結末になる。

パニックに陥ってから、まだ発病しない者たちが、逃散する例はあった。そのため、病原菌が四散し、徒らに惨害を広げた。

しかし、夫の惨死をみたキクは、事前に逃げると決断した。タマとヒデは、救わねばならない。ヨネは、キクの意図を迷いなく後押しした。とにかく、人のいない所へ、人の来ない所へ逃げる。そして悪霊が通り過ぎるまで、隠れている。

一昼夜を駈け戻って、山越村からタマとヒデを連れ出した。悪霊の先陣が村に着くのは、明日の夜半だ。十分に逃げ切れる、とキクは安堵した。もう急ぐことはない。曲がりくねる山道を辿る足は、重い。脚絆も無い。背負い籠とタマが、前後から両肩に食い込む。ヒデを引く腕が、抜けそうだ。急坂では、小脇に抱えて登った。籠に結んだ竹筒が、喧しく揺れる。

浅い山頂を越えて、下る途中に岩清水がある。その近くに、傾いだ掘っ建て小屋が立つ。

板葺の木樵(きこり)小屋である。辺りには、薪炭材になる櫟(くぬぎ)や小楢(こなら)が、自生している。秋になるまで、木樵は来ない。勝手知ったる仏山の、そこが目的地だった。

とうに昼を過ぎていた。「着いたよ！」キクは、思わず歓声をあげた。驚いて、タマが泣きだした。閂(かんぬき)を外すと、乾いたおが屑の臭いが舞いあがった。人気のない狭い小屋の奥半分に、板敷きの莚が敷いてあった。後ろに坐り込むと、笠を放り捨て、ようよう背負い籠を振り下ろした。蚤が宙に跳ね飛び、莚の埃が浮遊した。あわてて、キクは、両手を張って四散した蚤をパタパタ叩きつぶした。

只借りするのだから、贅沢は言えない。ここなら、雨露はしのげる。おぶい紐を解いて、泣きやまないタマを寝かせた。紐と縄の跡が、両肩に黒々と染みている。あやしながら、おしめを取り替えた。

とにかく、タマは、呑む、眠る、泣くの三拍子なのだ。莚に寝そべると、むずかる口に乳首をしゃぶらせた。生えた乳歯が、加減なしに噛む。痛さも四日ぶりの授乳だった。片手を伸ばしてヒデを抱き寄せ、小さな背中を幾度も撫でた。そのまま、莚に伏した。

冥暗のなか、ゲン、ヨネ、父、妹の顔が哀しく明滅する。全身、金縛りになっている。逃した蚤か、ふくら脛が痒い。チッ、間をおいてチッと、朦朧としたキクの耳朶を打つ。ヒデが、団扇でタマを扇いでいる。ヨネの渡した団扇だ。チッと団扇を叩く。藪蚊……妹を狙う藪蚊を追い払っていたのだ。丸い両拳を振って、タマは喜声をあげている。ご機嫌だ。

ヒデは、片手に鯣（するめ）をしゃぶる。行商から買う鯣烏賊（いか）を干した海の幸。「どうしたのぅ?」と素頓狂に問うた。彼は、片隅に置いた背負い籠を指した。空腹を満たす糧（かて）のありかを心得ている。鯣の匂いに、キクは、飢えた。「おッ母ぁにも、おくれッ」

もう夕暮だった。至近にミンミン蝉が、翅を振り絞って鳴いている。鯣の長い足を噛み砕きながら、竹筒を下げて小屋をでた。タマの子守は、ヒデの役割でもある。三歳になるのに、彼は口が遅い動作も鈍い。知恵遅れではないか? ゲンと思い煩った。ところが、実に呑み込みは早く、物分かりが良い。放っておいても、独り遊びできる子だった。

岩の裂け目から、細い清水が湧く。喉を鳴らし、顔を洗い、胸元を拭った。木櫛で乱れた髪を梳いた。冷水を竹筒に流し込んだ。そのあと、おしめ二枚を濯いだ。

暮れゆく木立の間に、数十匹の蝙蝠（こうもり）が飛翔し、キクの頭上を刃のように掠めた。幼い頃は、蝙蝠を恐がった。小屋に伸びた枝木に、おしめを吊るした。チッ、ヒデは、むずかりはじめた妹を扇いでいる。竹筒を渡すと、旨そうに飲んだ。タマは、袖元にむしゃぶりついて乳首を探す。

夏だが、山の夜は深々と冷える。籠から、産衣と腹掛をだした。タマに産衣を重ね、ヒデに腹掛を巻いた。両脇に、二人をしかと抱きかかえた。ヨネを残して、ここまで逃げてきた。悪霊は、人々の住む下界を蹂躙する。山中は、魔の手から隔絶した隠れ家だ。もう安心……。耳障りな羽音に、思いきり平手を打った。遠く梟が鳴いている。その含み声は、悠々として夜半まで止まない。

　朝靄に沈んだ小屋を忍びでた。近くを一回りして、紅葉苺の赤い実を摘んだ。山柿や葡萄は、秋にならなければ食べられない。高い枝をしなわせて、群生した山桑の実を摘み取った。黒紫色に熟した旬の味だ。ゲンと競って顔中を紫にした。手拭一杯の実を清水に洗った。

「ヒデ。七ツは？」蓙にひろげた手拭を指した。彼は頷くと、苺と桑の実の山盛りから、一つ一つ撮んで並べた。寺子屋などなかったが、キクたちは、村長から和算と仮名文字を習った。「よくできたのぅ。食べていいよ」許しのでたヒデは、唇から垂れる紫の汁に口をすぼめた。

　朝の授乳の時間だ。一六歳のクメには敵わないが、乳の出は良い。タマを抱きながら、キクも熟れた実を撮んだ。乳を吸いながら、タマは、黒い瞳で無心にキクを見詰めている。むろん、環境が一変したことは分からない。彼女には、乳が呑めればよいのだから——。食い物や寝る所が違っても、ヒデは平気だ。彼には、キクやヨネが居ればよいのだから——。激変に周章狼狽するのは、大人たちである。「九ツは？」

朝飯が済むと、岩清水に揃った。

そこで手折った猫柳の小枝。その折れ口を石で叩いて、一寸ほどのささくれにした。皮付きのまま楊枝（歯ブラシ）に使う。ささくれが房状になるから、房楊枝と呼ぶ。もう一端の小口も房に叩いた。キクは、大口の房を器用に震わせて、虫歯のない歯並みを磨いた。途切れていた朝の日課だ。

朝風が、山腹に傾斜した樹林の間を吹き抜ける。狂気の四日間、憑き物が落ちたように静穏だった。だが、危難は去っていない。

産衣と腹掛を出した籠の中には、腹巻が畳んであった。持ちあげると、小さな銭袋が落ちた。虫下しの薬袋があった。色褪せした達磨の玩具。麻の合切袋を解くと、乾した唐黍（玉蜀黍）の実、切干し大根、乾葉（干した大根の葉）、唐芋（薩摩芋）の日干し、干し梅が、ザラザラ混ざっていた。母親が、手当たり次第に放り込んだのだ。皆、非常用の備荒作物だ。キクには、有難涙のでる宝の籠だった。

ズシリとするその合切袋を取りだすと、黒い干し昆布が並べてあった。クメの訛りが伝えた潮騒の匂いがした。その干し昆布を除いた時、張り詰めていた琴線が切れた。「おッ母ぁ！」キクは、顔を被って号泣した。籠の底に、繭の莢に入った南京豆（落花生）が、ザクザク敷いてあったのだ……。

小屋の表には、角石で囲んだ荒い竈があった。生憎、火を点ける火打石と火打金がない。苺や桑の実だけでは、心細い。少々の山菜採りはできたが、煮炊きする鍋もない。それに日夜、炊煙をあげて、在りかを知られるのが恐かった。だから、乾物は有りがたい。これだけあれば、当分、食いつなげる。ヒデは、真下から心配気にキクを見上げていた。垂れ落ちる涙が、幾滴も彼の小さな額に散った。

不意に、新たな難題がキクを痛打した。死物狂いの逃走中、考える余裕もなかった。ヨネに問うべきだった。何日間、潜んでいればよいのか？

発病後、七日間が生死の分かれ目、と聞いていた。麻疹の本陣が来襲するのは、あと三日だ。山越村に猛威を振るうのは、それから一〇日ほどだろう。十数日後には、村を通り過ぎる。それならば、一五日間隠れていれば大丈夫か。母子三人、山中での一五日間は辛い。備荒食は、とても一五日分はない。いや、悪霊は、半月では去らぬかもしれない。

キクは、麻疹の潜伏期間を知らない。感染しても一〇日ほど潜伏しているので、村人が発病するのは半月後になる。それから消退するまで、七日余りを要する。したがって、少なくとも二〇日間は、隔絶していなければならない。

キクは、小屋の壁板に竈の残り炭で、三、と墨した。逃避三日が経った印だ。無謀な決行を悔やみはしないが、目が暗むほど先は長い。

潜伏中の食糧計画を立てた。タマは母乳なので、キクとヒデの一人前半だ。早朝に摘んだ紅葉苺と桑の実、唐黍の実、切干し大根を、少量ずつ笹折に乗せた。翌日は、果実は同じだが、唐芋、干し梅、乾葉に代える。南京豆はヒデのお八つで、一日五箇とした。鯣と干し昆布は窮迫の非常食なので、手を付けない。

戸口にぶら下げた両房付の楊枝。小屋の前、ヒデは、腹掛のまま独楽を回している。目の届かない所へは、行かない。飽きると小石を一列に並べて、数えながら一つ一つ蹴る。時折、石ころの代わりに、踵のでた小さな草履が飛ぶ。

キクは、壁板に四と引いた。

四日目になると、山小屋の暮らしに馴染む。単調だが、自然の懐に抱かれて、昼も眠り夜も眠る。終日、ひたすら余分な音を立てぬように過ごす。ただし、機嫌斜めの泣き声は、あやしても子守歌でも止め様がない。悪霊は、可愛い赤子を好むのではないか。タマが泣き疲れるまで、身が縮む。「よ～い、よ～い。寝んね寝んねえ、ころころ寝んねぇのゥ」

ヒデには、顔を一閃する蜻蛉は追えない。甲虫の大きな角を縛った細い蔓。それを力一杯に振り回す、加減を知らない。捕ったのは、昼間に闊歩する深山鍬形である。お八つを食べると、ヒデは、キクに寄り添って昼寝する。手首に結んだ鍬形が、逃げようと、蔓を引っ張って莚を掻きむしっている。

壁板の日読みは、六になった。毎日、同じ繰り返しだが、変化のないことは有りがたい。平穏無事に、時が過ぎているのだから――。

小昼になると、ヒデは籠から南京豆を五箇取りだし、一つ一つ殻を割る。豆を噛みながら、手元の達磨を小突く。底に重りのある起き上がり小法師なので、倒れてもすぐに起き上がる。その格好が面白い。

夕暮れ刻、ヒデの鋭い悲鳴がした。蜂だ！　小便を飛ばしていて、たくしあげた腿を刺された。泣き叫ぶ身体を押さえ込んで、キクは、赤く腫れた傷口を吸った。蜂針は、大人でも痛い。彼を抱えると、岩清水へ走った。苔むす水際に生えたどくだみの葉をむしった。傷口に汁をなすりつけた。父親が教えた薬草だった。「もう痛くないなッ」とどやしつけた。タマが刺されたら大変だ。キクは、韋駄天走りに駈け戻った。親指をしゃぶっているタマ……。

手先に、どくだみの悪臭が滲みていた。蜘蛛の巣を払いながら、闇に沈む小屋の辺りを捜した。微かに蜂の翅音がする。裏の庇の下に、両拳大の巣が吊り下がっていた。まだ小さい。六角の白い育房を、継ぎ足していく足長蜂だ。ゲンが人頭大の巣を棒で叩いて、蜂の逆襲に二人して逃げ惑ったものだ。

腰巻を外すと、及び腰に巣の下に近づいた。まだ五、六匹が、忙しなく巣の上を飛んでいる。静かに腰巻を広げ、いきなり巣に被せた。両手で袋に絞った腰巻の中で、蜂の群れが暴れ狂っている。蔓で袋の首を幾重にも縛ると、そのまま近くの窪みに埋めた。手探りに、暗がりの土を盛って山盛りにした。腰巻を失くした小袖が、汗まみれの両腿にまつわりついた。ヒデが顔を寄せてあやすのだが、タマは泣きべそを掻いて、キクを探していた。鼻息を荒らげて、キクは、言い放った。「ヒデ。ハチ、やっつけてやったからなッ」

翌朝、土盛りに山蟻が寄っている。そろそろと棒切で土を崩した。泥まみれの袋を翳すが、蜂の翅音はしない。思い切って腰巻を剥ぐと、赤布からパラパラと死んだ蜂が落ちた。振り落としてから、潰れた灰色の巣を取りあげた。喜色満面、キクは、鼻唄まじりである。甘い蜂蜜は、めったにない馳走だ。母子は、育房の蜜を啜り、垂れる蜜を舐め、舌を鳴らした。

日読みは、八。ヒデは、しきりに蜂蜜をせがむが、一日しか持たなかった。キクの舌も、蜜の甘さを忘れない。いささか食傷気味の乾物が、味気ない。

日読み九。昼前、タマがぐずついて泣きやまない。

「オーイ」

キクの耳が、野猫のように震えた。人声だ！　反射的に、タマの口を被っていた。

「オーイ、誰かいるんかァ?」野太い声が、樹木に跳ねながら駈け下りてくる。山中、赤子の泣き声に驚いたのだろう。人が来る！　キクは動転した。安穏としていて、虚をつかれた。暴れるタマを前抱きにし、籠に合切袋や産衣を放り込んだ。「ヒデ！」彼は、団扇を襟首に挿し、両手に達磨と独楽を握りしめていた。機敏に、逃走の態勢に入っている。七日間の山暮らしで、ヒデの動作は一変していた。

キクは、板戸を蹴立てた。枝のおしめを引ったくると、後ろ手に籠に投げ入れた。

「オーイ。どうしたァ、誰かいるんかァ？」邪気なく、大声が近づいてくる。見上げる樹林の間に、陽射しを背にした人影が揺れた。

「来ないで！　来ないでよ！」ヒデを小脇に、転がるように小屋下の山腹を滑り下りた。「こっちサ来るな！」キクの絶叫が、タマの泣き声を引き裂いた。人影は、一瞬、棒立ちになった。「来ないでよ！　来ないで！」彼の接近を激して拒みながら、樹木を縫ってこけつまろびつ逃げた。半結びだった笠が、飛んだ。

悪霊は、人から人へ乗り移る。だから、決して人に近づいてはいけない。キクの危機感は、徹底していた。万一、人に出会ってしまったら、一目散に姿の見えない所まで逃げる。それだけ離れてしまえば、魔の手は届かないだろう。彼女には、悪霊から逃げ切る強い意志があった。

いわゆる飛沫感染は、咳によりウイルスを含んだ飛沫が飛び散る。天然痘ウイルスなど大きいウイルスは、ふつう一メートル以内に落ちる。麻疹ウイルスは小さいので、飛沫粉が空中を舞って遠くまで飛散する。落下したウイルスは程なく感染力を失うが、飛沫粉を浴びると感染は免れない。

タマの泣き声が、遥か樹林に木霊している。人影は、小屋に着いたらしいが、もう深追いはしない。「オーイ」と呼ぶ声が、しだいに遠ざかっていく。

声は、ハタと止んだ。キクは、樹陰にへたり込んだ。助かった……。産衣のなかのタマは、さすがに泣き疲れ、眠りながら乳房を夢中で吸う。ヒデは、足の引っ掻き傷に半べそを掻いている。キクの手足も、小枝や笹で傷だらけだ。籠の南京豆を一握り、ヒデの両掌に握らせた。ご機嫌になった。キクは、やけくそに竹筒をあおった。

我にかえれば、一難去って又一難であった。七日間、住み慣れた小屋を追われたのだ。もう戻れない。どこへ行ったらよいのか……茫然としていた。けれども、キクにとって、悪霊よりも恐い苦境はない。その悪霊から逃げられればよいのだ。切り替えが速いので、立ち直りは早い。そういえば、山向こうに小涌谷と呼ぶ湯治場があった。

男山（おのこ）の山腹に湧く小さな出湯だ。農閑になると、周辺の山里から三々五々、湯治に出かける。食料持参で、キクも、幾度か鄙（ひな）びた宿に泊った。村人たちの一番の贅沢であった。それが、春先に、岩崩れで湯元が埋まってしまった。宿は閉めたが、賄いの老夫婦が留守居をしていると聞いた。彼らは、久しく村には下りていない筈だ。

二度目の逃避行だ。

山越村からは、男山の山裾を迂回して、山路のある反対側から登った。ここからでは、まっすぐ山越えする他ない。母子の足では、半日は掛かる。だが、キクの糞度胸は、優柔しない。

山人（やまうど）の通う切れ切れの道を辿った。険しくはないが、子連れには難所だ。便の汚れに夕マが、むずかる。ヒデは、転んだまま起き上がれない。キクも、限界だった。

山頂に陽が落ち、山中が一斉に翳っていく。枯れた大きな根株の窪みに、手折った枝葉を敷きつめた。ヒデは、暗い風音におののく。夜間は、山頂から山腹を吹き下ろす山風である。手探りで、籠の乾物を彼の口に押し込んだ。モグモグさせる両頬を、腕（かいな）に抱きすくめた。「……温（ぬく）いやろゥ」

初めての野宿だった。

夜半、夜気に身震いして覚めた。辺りが妙に明るい。仰いで、キクは、息を呑んだ。満天が、星の傘に覆われていた。里にはない夥しい星群が、鮮烈に瞬き輝いている。流れ星が、次々に光彩を放って消えていく……。

夜露に湿った小袖に、朝風が冷たい。ヒデの足は腫れて、とても歩けない。迷ったが、置石に乗って、籠を一樹の高みの枝に吊るした。代わりにヒデを背負うと、未練がましく振り返りつつ尾根を下った。宝の籠は、あとで取りに来る。

一時(とき)(約二時間)後、山腹に割れた小涌谷に辿りついた。草むらにタマを寝かせ、ヒデに見張らせた。足音を忍ばせて、キクは、灌木の間から中腰に遠見した。目性は良い。棚のような狭い平地(ひら)に、茅葺き屋根が赫い陽を浴びていた。四囲を石垣に囲んだ堅牢な造りだ。老夫婦はいるのか? 人気はない。

灌木に額を寄せたまま、キクは、しばし思案した。無人ならば、木樵小屋と同じに只借りすればよい。留守居がいれば、宿銭を払えばよい。ただし、その留守居が、この七日ほどの間に下山したか否か。思い切ると、キクは、茂みを掻き分けて平地に泳ぎでた。及び腰で石垣に忍び寄る。出し抜けに板戸が開いて、老婆と鉢合わせした。

「ありャあ!」仰天したババは、手にした笊(ざる)を放り出した。息を吹いてから、「……キクちゃんじゃゃないのォ」と吃驚した。名を覚えていた。背中越しに「何しに来たァ?」古い瘂痕面の老爺が、甲高い声を上げた。もどかしく、キクは、下山していないかと尋ねた。「下りてねッ」ジジは素気なく言い捨てると、カアと青痰を飛ばした。

喜声をあげて、キクは、茂みに駈け戻った。眠るタマをグイと抱きあげ、「ヒデ、泊まれるよッ」と拳の達磨を叩いた。

「キクちゃん。あんた、女の子生んだかァ」山宿の老夫婦は、思いがけないキク母子に歓喜した。ババは、「あンた。大きゥなったのゥ」と、ヒデの真赤な両頬を撫で回した。ジジが、皺だらけの目尻を細めた。「おォ。大きゥなったァ、大きゥなったァ」その耳遠い大声に、タマが泣きだした。静かな小涌谷が、にわかに賑やかになった。

キクは、ジジに宿銭を渡した。囲炉裏の灰が、仄白く燃えている。一〇日ぶり、温かい稗飯を頬張った。ヒデには熱くて、舌を踊らせている。ぬるま湯で尻を洗ったタマ。「めんこいのゥ」親指をしゃぶりながら、ババの影を追っている。

五臓六腑に滲みた夕飯のあと、キクは、にわかに睡魔に襲われた。雨戸を閉め切っているので、宿内は薄暗い。襖はあるが、ぶち抜きの四部屋続きである。三十人ほどの湯治客が雑魚寝する。ささくれているが、薄い畳が敷いてある。莚や野宿に較べれば、極楽であった。安心し切って、眠りこけた。

夢うつつ、キクは、幻想から這いでるように醒めた。子守歌を唄いながら、ババが、背負ったタマをあやしている。ヒデは、ジジと独楽回しに興じている。父親代わりだ。痘痕持ちは地蔵村に二十数人いるので、恐がらない。湯治宿も老夫婦も、白昼夢ではなかった。

日没まで一時はある。キクは、宝を取りに駈けた。目印は、高木の楢だった。根元の樹皮に、瑞々しい楢茸が群生していた。極上の食用茸だ、思わず歓声をあげた。淡褐色に重なり合った大小の傘を、夢中で剥ぎ取った。籠が満杯になると、キクは、意気揚々と引き揚げた。夕飯は楢茸だ。帰りの足は速い。

行燈の灯が明るい。稗飯に、湯気のたつ楢茸の味噌汁、茹でた楢茸。ババの漬けた山独活もでた。暮れた囲炉裏端が、賑々しい。

深閑とした朝の小涌谷。近くに、せせらぎに流れる小さな滝がある。キクは、清澄な山水を木桶に汲んだ。宿の裏に回ると、剥げた壁の漆喰に一一と印した。あと四日、ここに居ればよい。そのあと、男山の山裾を迂回して山越村に帰る……。

ババが屈んで、竈に火を入れる。「キクちゃん。早ョから働きもンだのゥ」老夫婦は、嫁と孫が来たように喜々としている。もう、何の用事？　とも、いつまで居る？　とも聞かない。キクも、黙っている。

ジジは、ヒデを連れて、樹林を一巡りする。新芽や若茎は過ぎたので、山菜は採れない。ヒデは、楓の枝葉を被って跳ねている。葉の大きい羽団扇楓なので、日除けによい。陽射しは暑いが、湿気がないので下界よりしのぎやすい。

キクは、棚の外れにある湯元を見にいく。露天の湯場が、乾いた砂利底を晒していた。老いも若きも、青天井の混浴を楽しんだ。湯を送る長い竹樋が、途中から土砂に埋まった。ちょうど、湯元の上の岩が崩れたのだ。土砂の間に滲みだした湯が、熱い湯気を煙らせている。この岩崩れのお陰で、人の往来が途絶えた。キクたちには、天の助けだった。日読み一三。朝日に覚め、夕暮に寝る。三度の温かい食事。タマもヒデも、老夫婦に預け放しだ。乳が張って、痛くて仕様がない。心身を安んじて三日、有りあまる乳汁が矢のように飛ぶ。「キクちゃん、乳の出がいいのゥ」椀に絞って、ヒデに渡した。「タマちゃんのだよォ」と口にしない。妹の乳と、自制している。頭を撫でて、「ヒデもいいんだよ」

　ジジが捜してきたのか、毬投げをしている。布の芯を糸で巻いた手毬である。球を追って、ヒデが、キャアキャア笑い転げる。口数が、やたら多くなった。彼は、父親の死亡を知らない。もう半月も見ないから、忘れてしまったのか。遺骸は、納屋に置き去りにした。あの宿主の仏心に縋るしかなかった。腐乱死体になっていくゲン、我が子に忘れられたゲン……あまりに可哀想だ。キクの心を錐が刺す。しかし、受容せねばならない現実だった。日読み一四。明日は、村を離れて一五日になる。当初の目算では、危機は過ぎている。もう安全な筈だ。男山を迂回すれば、子連れでも一日で村に戻れる。だが、キクは、不安を拭い切れない。間違いなく、悪霊は去っているのだろうか？ それを調べる術はない。山裾の枝道には、少ないけれども人が往来する。下界には、まだ悪霊が跋扈（ばっこ）しているかもしれない。

　ヨネの路銀は残っている。老夫婦は、タマとヒデを猫可愛がる。夕飯に、野薊（あざみ）の煮つけがでた。両手一杯に茎を握って駈けてきたヒデ。戸口にステンと転んだが、野薊は離さなかった。蕩けるような滋味だった。宿の居心地に、キクの決心が鈍った。下界に戻るのは、二、三日先にしよう……。

日読み一五日。昼過ぎ、閉め切った雨戸を開け、ババが、部屋を掃きはじめた。明日、人夫が湯元の修復に来ると言う。キクの全身に鳥肌が走った。その瞬間、小涌谷を離れる時が決まった。男山の村里から、三人来るらしい。彼らに、悪霊が乗り移っていたら……。

暗々のうち、ヒデを揺り起こした。すでにキクは、逃亡準備を整えていた。瞼をこすりこすり、ヒデは、枕元の達磨と独楽を掴んだ。囲炉裏端に、粒銀を置いた。ヒデも、ボロボロの毬を置いた。「また来るからな」と、キクは、彼の耳元に囁いた。奥の闇から、ジジの高鼾が聞こえる。静かに戸を開けると、満ちた月明かりが煌々と射し込んだ。ヒデの両頬から、大粒の涙が輝きながら滴った。キクは、宿に三礼した。ヒデも真似て、ペコリと頭を下げた。

三度目の逃避行だった。

行く先は、男山の山路とは逆の仏山だ。尾根伝いに、やって来た山人道を辿る。子連れでは、山越村まで丸二日掛かる。木樵小屋には、あの男が居るかもしれない。そこは避けるので、今夜は野宿になる。

難渋した道のりを追うのは、辛い。籠は軽くなったので、腰に吊るした。ヒデを背負い、タマを抱いて、一歩一歩踏みしめる。ここまで逃げ通したのだ。あとは、急がず焦らず行けばよい。今日は、一六日目である。二日経てば、まこと、悪霊は山越村を去ったあとだ。安心して村に帰れる。キクは、隔離した一八日間の時間を信じた。

昼間は、谷から山腹を吹き上げる谷風である。夜は逆になるので、早目に野宿の穴場を捜す。男山の尾根を下った谷間いに、風避けの岩陰を見つけた。

蒸し暑い夕暮。唐突に、油蟬が一匹ジージーと鳴きだした。それに呼応して、方々の樹木に競い合うような鳴き声。じきに、夥しい大合唱が、樹林を震わせて谷間いに降り注いだ。蟬時雨だ。耳を痛打する響きに、キクの鎮まった肌に油汗が滲んだ。ヒデは、平気で籠の南京豆を数えている。ずいぶんと減ってしまった。タマも、産衣に埋まって眠っている。もう月の二〇日を過ぎていた。夏の真ッ盛りになっていた。だから、野宿ができるのだ。

蟬時雨は、暗夜まで止まなかった。

一七日。今日は、勝手知ったる仏山の裏側に登る。昼過ぎ、谷間いに群飛する黄蝶の一団にでくわした。仰ぐと、無数の翅を閃かせ、黄色い雲霞のように乱舞している。ヒデが、両手を振り回して小さい黄蝶を追った。キクは、腰を屈めて黄蝶のトンネルを潜った。

にわかに、山頂から蒼い霧が、樹上を刷くように下ってきた。頭上に、灰色の天幕が広がった。冷気が肌に吹きつけた。振り向くと、黄蝶の群れは掻き消えていた。夕立だ——蓑も笠もない。辺りに雨避けを探し、とっさに手近の岩穴に飛び込んだ。

途端、眩むような閃光がひらめき、耳を聾する雷鳴がつんざいた。産衣でタマの顔を被う。両耳を塞ぐヒデ。烈しい残響が、暗い山中に轟いた。天が抜けたか、という鳴動だった。次の瞬間、豪雨が山鳴りとなって落ちてきた。天上の水桶が破れた勢いだ。雨粒が、槍のように黒い樹林に降り注いだ。

車軸を流す雨水が樹根を滑り、狭い穴へ流れ込んできた。キクたちは、後退りして奥の壁棚に逃げた。籠が……、手放した籠が濁水に呑まれた。水は、穴の底を騒然と渦巻きながら、岩の裂け目から流れでた。帯にしがみつくヒデ。「かか。ない、ない!」と泣き叫ぶ。達磨と独楽を、濁水に奪われたのだ。

雷は消えても、どしゃ降る雨は、一晩中、止まなかった。キクは、足首まで浸かったまま、両抱きにして、壁棚にへばりついていた。村まであと一日、突然の雷雨に足止めをくらった。生来、彼女は、降りかかった災厄を嘆かない、恨まない。どう切り抜けるか、それが先決だった。これまでの逃避行に較べれば、雨などたやすい……。

朝方、雨足は弱ったものの、雨粒は蒼然と樹木を揺らし、山中、薄雲のように煙っている。水は引いて、穴には泥水が溜る。裂け目の流れ口に、籠が引っ掛かっていた。南京豆は流出し、濡れたおしめの下に、鯣と干し昆布が張り付いていた。キクは、足で泥水を掻き出した。両手で泥水を探って、玩具を捜すヒデ。雨水でおしめを手洗いし、タマの尻を拭いた。痛々しく、赤く腫れている。

じきに止むと思った雨脚は、終日、衰えずに降り続けた。穴には雨の簾が垂れ下がり、降り籠められたままだ。「あッ、あったァ」泥まみれのヒデの片手が、達磨を掴んだ。「ヒデ。よかったのゥ」彼は、なおも片手を泥水に泳がせる。しぶとい子だ。独楽を諦めていない。なんで、こんなに降るのか。さすがに、キクは不貞腐れて、雨簾に小石を投げた。幾つも簾を破ると、気が晴れた。干し昆布を割いて、ヒデとクチャクチャしゃぶった。塩っぽくて唾があふれ、固くて顎が疲れる。けれども、有りがたい非常食だ。

一九日早朝、ようよう雨は止み、簾が雨垂れになっていた。穴から這いでると、樹上から玉の滴が、絶え間なく落ちてきた。繁った葉の間から木洩れ日が、靄の中に眩しく放射した。鳥の囀りが、遠く近く樹間にさざめいている。晴れたものの、山はぬかるみだ。滑りやすくて危険なので、もう一日、辛抱する他ない。雨に、三日間の足止めを余儀なくされた。

実に、この三日間は、山越村での麻疹の回復期だった。病勢が、消息する時期に当たっていた。潜伏期間を数えないキクの計算は、少し早過ぎたのだ。彼女は知る由もないが、夏の雨が母子に幸運をもたらした。

穴での食事は、鰯と干し昆布だけだった。もう食べ尽くした。翌二〇日朝、破れた空の籠は、穴に捨てた。処々に、陽炎が燃えている。泥の流れた山道を登り、それから、落枝を杖にして下った。

暮色迫る頃、山越村への間道に辿りついた。キクの足は、そこで釘付けになった。二〇日も経ったのに、悪霊の恐怖は褪せていない。もう大丈夫だろうか？　甦える悪夢を抑え切れない。はたして、村がどうなっているか——それを知るのも恐かった。村を目と鼻の先にして、震えながら深い叢に野宿した。

翌朝、恐る恐る村に近寄る。ヒデも、忍び足で従いてくる。タマを背負い、灌木の隙間から遠見した。朝靄の下に、家々の藁葺き屋根がしんと沈んでいる。生まれ育った村だ。家を囲むじゃが芋畑に、人影がない。誰も、朝の野良に出ていない。青い畑から十数羽の雀が、一斉に飛び立ち、乱れて四方に散った。

どの屋根にも、竈の煙が見えない。灌木を握ったまま、キクは、立ち竦んだ。足元から恐怖が、鳥肌となって迫り上がってきた。農家の朝は早い、朝餉の支度の時刻だ。いつもなら、屋根の煙突に白い煙がたなびいている。

どのぐらい経ったか、キクは、恐れを吹っ切った。間道を下ると、山際に共同墓地が臨める。父も妹も、ここに埋葬した。キクの目が引き攣り、血の気が引いた。万力川沿いの空き地に、黒い土饅頭が二列に延々と並んでいた。雨で盛り土が崩れて、隣り合った土饅頭が繋がって、数珠のように連なっている。辺り一面に、白濁した湯気が漂う。三十数個はあった。村人は皆、顔見知りだ……。

両膝が、ガクガク震えて止まらない。杖を片手にヒデを引いて、幸橋の袂にでた。泥に塗れた乞食さながらの姿であった。二一日ぶりに橋板を踏む。野辺送りの葬列は、ここを渡って墓地へ行った。家々を分ける街道には、真夏の陽射しが照り映える。ジリジリと暑い。深閑として人影はない。どこか、犬の遠吠えがする。

閉まった雨戸に、蘆(あし)の簾が外れている。門口に吊るした稲の束が、空しく揺れている。藁をも縋る村人の、厄除けの呪いだ。どの家の中も、人の気配はない。屋根には数羽の烏(からす)が、奇怪な喉声をあげて飛び跳ねている。

無人、村が全滅した。山越村には三十戸、およそ一二〇人が住んでいた。

キクの家は、開け放しだった。軒下におしめが一枚、朝風にはためいている。キクは、惚けて、継ぎ接(は)ぎのおしめを見詰めた。なぜ、おしめが干してあるのだろう……。ヨネが知らせる目印とは、察しない。

不意に、微かな人声がした。「よ〜い、よ〜い。寝んね寝んねえ」絶々に、哀切な子守歌……仲好しのクメが唄っている。「〜ころころ寝んねえのゥ」

キクは、杖に縋って二軒先に足を引き摺る。鶏の羽毛が、足元の土埃に舞い散った。半死半生、幽鬼のように戸口に立つ。一瞬の静寂……「キクゥ！」板の間から、ヨネの絶叫がした。朽ちるようにうつ伏し、号泣した。彼女に寄り添って、クメが坐っていた。赤子に乳を含ませたまま、単調に子守歌を繰り返している。抑揚がない。彼女は、夫も、二親も亡くした。地獄を見て、気が狂れていた。

杖を捨てて、キクは、土間によろけた。そのまま、呆然と立ち尽くした。ヨネは、やはり罹らなかった。潮育ちのクメも、生き残った。信じがたいことに、生後三カ月のフクが、元気に乳を吸っている。玉のような赤子……タマを背負ったまま、キクは、菩薩に見紛うクメ母子に合掌していた。

ふと、我に返ると、ヒデが袖口を引っ張っている。泥塗れの顔を上げて、キクに問うた。

「かか。お父ゥは、どこ？」

空蟬の馬琴

「行くぜぇ」

末娘のクワに、一声掛けた。我ながら腑抜けた音速だった。文政一〇年閏六月五日、五ツ（午前八時半）、馬琴は、草履を突っかけて玄関をでた。癇癪持ちの妻百（ひゃく）は、この朝も一階の奥に伏せったままだ。

彼は先月、数え六一を機に、剃髪して蓑笠（さりつ）と号した。剥き出しになった両耳が、草鞋のように異様に大きい。体軀は大柄にして頑健、坊主頭は憎体（にくてい）で、とうてい還暦には見えない。すでに、二〇年前に読本（よみほん）『椿説弓張月』を上梓し、四〇歳にして戯作者として一世を風靡した。一〇六冊で完結する大作『南総里見八犬伝』は、半ば最盛期に差し掛かっていた。功なり名遂げて、暮らし向きは質素だが裕福であった。

その彼が、渋い紬（つむぎ）羽織の襟を立てて、梅雨明けの水溜りを踏む。深い神田川を跨ぐ昌平橋を渡り、神田の大通りを九段下に向けて、トボトボと歩く。実に、飯田町までの道筋が大儀なのだ。飯田町は、三〇年余り住んだ所なので懐かしい。同町の中坂下には、長女サキと婿の清右衛門が商う下駄の伊勢屋がある。内濠の牛ヶ淵を左前方にしながら、九段下の四ツ辻を神楽坂方角に曲がる。さすがに、江戸城を仰ぐ九段の辺り、朝から行商や職人が忙しく行き交う。

馬琴の足が重いのは、行き先にあった。これから、牛込神楽坂へ療治に行くのだ。誰でも医者嫌いだが、とりわけ彼の弱点は歯にあった。酒もやらず煙草もやらず、唯一、甘いものに目がなかった。砂糖を欠かした日はなく、始終、金平糖、饅頭、牡丹餅が届けられた。九段下には、有平糖を売る店もあった。暑中の見舞には、版元から白砂糖二斤が贈られる。当然、壮年より口中を患い、著述に励むも、日毎、歯と歯茎の疼痛に苦しむ羽目に陥った。むし歯呪(まじな)いを貼り、お百度参りをし、本所歯神に参詣するが、昼夜、一睡も眠れず、水を注ぐような下痢に悩まされた。

彼は、三五年前、『解体新書』を翻訳した医家の大御所、杉田玄白が、六〇歳の耳順に至り、「初めて歯に数かずの悩み出で来たりしに、それより後は今年は一本、一本と数へ、つひには去月は一本、今月は二本と欠け始めて、今ははや一本も残りなく落尽した」のを知らない。

かくして三二、三歳から歯が欠け始め、五七、八歳には上下ともことごとく抜け落ちた。博覧強記の馬琴であったが、一六年前、小林一茶が四八歳にして、哀しくも、「歯がぬけてあなた頼むもあもあみだ」と詠んだのを知らない。

馬琴は、たった一本残った糸切り歯と称する犬歯に、木床入歯を繋いだ。その折、「総入歯と云ふものを用ひしより、ものいふ声も洩れず、堅きものも喰ふに少壮の時に異なるなし」と三嘆した。

一カ月前、その唯一無二の柱であった犬歯が脱落し、入歯が固着できなくなってしまった。三年間、なんとか噛む咬む嚼むことに耐えた入歯が、口惜しい。以前の飯田町の入歯師は、廃業していた。近頃、牛込神楽坂に木床入歯の名人がいる、と仄聞した。変わり者だが、腕は滅法にいいという評判だ。そこで、飯田町の清右衛門に託して、その入歯師、吉田源八に予約を取った。

九段の大通りの両側は二階建の商家が建ち並び、周辺には大小の黒い瓦屋根が雑多に建て込んで、はるか樹海のように広がる。途中、大通りを左へ曲がり、牛込見附にでる。青緑に沈む外濠の牛込堀、その土手の左右に若い桜と柳の並木が並ぶ。堀に掛かる牛込橋を渡ると、向こう、神楽坂の細く長く天に駆け上るような急坂に、赫々と陽が映えていた。歩き慣れない登り坂は、息が弾む。

坂の半ばの路地に折れ、狭く入り組んだ小路を廻る。存外に、小心で用心深い馬琴は、実は数日前に下見していた。すぐに、裏長屋の端に揺れる「いれば」の板看板を見つけた。一刻（約三〇分）余りの道のりに、脇や胸元が汗ばんでいた。約束の時刻に間に合った。

「ごめん」

どんな入歯師なのか、一瞬、不安がよぎった。ガラリと板戸を開けると、間口九尺奥行二間（六畳）の裏へ吹き抜ける割長屋だ。土間の左側に台所、あとは畳部屋という間取りである。

中年増の女房が、ひとり内職の縫い物をしていた。一心に縫い針を追っていて、顔を上げない。彼女の奥は、半双の枕屏風に仕切られていた。その陰から、高鼾が聞こえる。朝っぱらから白川夜船か——田舎者め。江戸深川生まれの馬琴は、少なからずプライドを傷つけられた。そのまま踵を返そうとすると、女房が素頓狂な声を上げげた。藍染め木綿の裾をからげて、彼女は、転がるように土間に駈け下りた。羽織の袖を引っ張られて、馬琴は、渋々足を踏み入れた。裸足のまま、彼女は、米搗(こめつき)バッタのように低頭を繰り返す。

渋面を崩さず、馬琴は、畳に坐って両腕を組んだ。ところが、隣の高鼾は止まない。ソワソワするばかりで、女房は、一向に起こそうとしない。彼は、艶っぽい裸足に釣られた、と悔やんだ。入歯師が、女房持ちとは思わなかった。というのは、ふつう九尺二間は独り身の借家で、ここでは嫁取りは難しいのだ。

「フン、北斎か」

馬琴は、憮然と呟いた。枕屏風には、葛飾北斎の錦絵春画が三枚、秘所を隠して斜かいに貼ってある。写楽の役者絵でも飾っておけばよいのに、趣味が悪い。

枕屏風の手前は、中央に蓙(ござ)が敷かれ、壁際に黒光りする作業机が寄せてある。机上には、カンナ、ノミ、彫刻刀、ヤスリなど製作道具がキチンと並べてあった。簡素だが、几帳面な性格を窺わせる。彼は、道具を大切にしている、と見通した。一応、支度は調えてあるようだ。

ふと、壁の柱に煙草入れが吊るしてある。そこに結んだ根付に吸い寄せられた。象牙に鼠を彫った精巧な細工だ。彼は元は根付師、と馬琴は直感した。どうやら、腕がいいというのは本当らしい。感じ入って、馬琴は、根太い腕組みを組み替えていた。

ここが、吉田源八の入歯療治所であった。

腕組みした片手で大耳を撫でながら、馬琴は、辛抱強く待った。女房のだした渋茶が冷める頃。寝耳に咳払いが聞こえたのか、源八は、枕屏風からモソモソと這い出してきた。いかにも約束の時刻がきた、と言いたげだ。彼は、作務衣に似た麻の仕事着を纏っていた。上衣は筒袖、下衣はもんぺである。禅僧が作業に着る作務衣は、当時はまだ着られていない。その奇抜な身なりに、馬琴は、度肝を抜かれた。飯田町の入歯師は、総髪の羽織姿で薬師（くすし）然としていた。

馬琴のまえに胡坐（あぐら）をかくと、源八は、曲亭さん？　と顎をしゃくった。江戸のひとびとは、馬琴の名は知っていても、顔は知らない。虫の居所が悪いのか、初手から、有名人滝沢馬琴を喰っていた。

傍らから、女房が、煙草入れと火種の器を差し出した。煙管（キセル）の雁首に刻みを詰めると、吸い口をくわえ、一服、煙を吐いた。思わず、堪忍袋の緒が切れ、馬琴は、唾を飛ばして叱声を浴びせた。ところが、歯無しなので、フガフガと息が抜けて言葉にならない。彼は、空鉄砲を打つに似た情けなさに捕われた。源八は、そんな馬琴に目もくれない。三〇代半ばの脂の乗った太々しい面構えだ。口中の療治を乞う分、老成した馬琴の尊大は、旺盛な源八の横柄と互角には渡り合えない。

この時から、入歯をめぐる馬琴と源八の攻防が始まった。

「あーン」

小馬鹿にしたように、口を開けろと言う。首を傾げて、源八は、馬琴の洞穴を覗き込んだ。酒臭い吐息が漂った。浅ましくも、上下顎ともに痩せた肉の土手が、馬蹄形に曲がっている。一本も無いなと呟くと、彼は、ニンマリとした。一番あとに抜けたのは、右上の糸切歯と言い当てた。顎の土手を診て分かるのか、馬琴は、アガアガと頷いた。抜けたのはいつか、と問う。忘れもしない先の五月五日だ。

「総入歯だな」

にべもなく、源八は、引導を渡した。そんなことは分かっていると、馬琴は、腹立しい。初診を終えて、源八は、油紙を敷いた小さな盥（たらい）で悠々と手を洗った。見るからに、器用そうな指だ。心得ているのだろう、女房が、台所から温湯を入れた銅鍋を置いた。手を伸ばして、作業机の引出しを開け、彼は、型取り材を取り出した。使い慣らした煎餅大の丸い蜜蝋が二個。その一個を銅鍋に浸けると、指先でゆるゆると軟化させ、空泡を抜きながら一塊の玉にした。手慣れていて、手早い。

「曲亭、歯は何本あるか知ってるかい?」

思わず喉が詰まって、馬琴は、バカにするなと押し黙っていた。後ろから、女房が、彼の首に前掛けを結ぶ。掌に玉を転がしながら、源八は、軟らか具合を確かめている。頃合よし、あーンと、玉を馬琴の上顎に押し当てた。口中の型を採るのだ。生温かい膠(にかわ)のような触感が、気色悪い。五指を巧みに操って、唇の裏から頬の凹み、土手の奥まで丁寧に力を込めて押し付け、等しく均(なら)して密着させていく。細長く白い、女が惚れ惚れする指だ。

そのまま指三本に支えて、暫時、蜜蝋が硬くなるのを待つ。作業中は、精根込めて無言である。彼のダンマリにも物言いにも、馬琴は、馬耳東風を極め込んだ。ほどなく、土手に張り付いた蜜蝋をスコンと外した。一挙に、唾液があふれて唇に零れた。源八は、蝋型を盥の水に浸けて冷やす。

次いで、下顎も同じ手順で採得する。下向きなのでやり易いが、舌が大いに邪魔するのだ。馬琴には上も下も苦しいが、型取りは土台なので辛抱する他ない。

「総入歯は、難しいんだなあ」

源八は、溜息まじりに呟いた。半円形の上顎と馬蹄形の下顎と、異なる顎体をした蝋型が、作業机に並んでいる。噛み合わせに苦心するのは、素人の馬琴にも理解できる。本音は値上げ交渉か、と邪推した。御蔵島の本黄楊（つげ）だと、源八は、ぞんざいに言う。伊豆の御蔵島か？　どうやら、そこの黄楊が極上らしい。

古来、木床入歯は歯と床からなる。ふつう床材には、適度な堅さと粘りと重さがあって、顎の粘膜によく吸着する黄楊を用いる。歯は、蝋石や象牙を彫刻する。

「曲亭の顎は、つむじ曲がりだからなあ」

まことに、源八は、しゃあしゃあと宣（のたま）う。さすがに、馬琴は、苦笑いした。精一杯、虚勢を張る彼の負けず嫌いを垣間見た。前口上はさて措いて、幾ら？　と単刀直入に尋ねた。貧乏揺すりをしながら、彼は、台所の女房フクに目配せを送った。案外、照れ屋で勘定に疎いらしい。意を決して、彼女は、難しいので一両と二分では……と値を釣り上げた。

「今日は一両、できてから二分」

否応なしに、馬琴は、即座に腰の巾着を引いた。貧乏揺すりをしたまま、源八は、そっぽを向いている。代わりに、フクが、三拝して大枚を頂戴した。金一両は四分、一分は四朱に当たる。九尺二間の店賃は月二朱ほどであったから、彼らには店賃一年分の報酬だった。大金を胸に握り締め、彼女は、小躍りしている。入歯師は金持ち相手の商売、食うには困らないだろうに——馬琴は、彼女の守銭に合点がいかない。

「紅合わせは、何日だね？」

馬琴の問いに、源八は、プイと壁を向いた。素人の知ったか振りが、勘に触ったのだ。

これからの入歯師の作業は、面倒で煩労なのだ。まず、模型用の蜜蝋を軟化し、これを先に採得した蜜蝋に圧接して模型用の陽型を作る。一方、この陽型に合う黄楊を大小十数本のノミで削って、顎の概型を作る。次に、食紅を塗った陽型をこの概型に当てて、紅の付いた部分を彫刻刀で丹念に削っていく。

まことに、根気のいる手間仕事である。こうして、荒彫りの黄楊の入歯が仕上がると、患者と紅合わせをするという段取りだ。曲亭も、これだけの骨折りは知るまい。

五日後だな。さすがに上客なので、源八は、矛を収めた。一日も早く仕上げて欲しかったが、馬琴は、長居は無用と早々に草履を突っかけた。平手で軒下の板看板を叩いて、鬱憤を晴らす。噂どおりの偏屈者だが、馬琴は、世を拗ねていた頃の己れと重ね合わせていた。単純で、裏表のない男だ。フクが、小走りに追ってきた。年は三〇過ぎ、つとめて明るく振る舞うが、どこか愁色が漂う。若いのに、耳が遠いらしい。

彼女は、神楽坂の通りまで送ってきた。馬琴は、一〇日に来ると念を押した。半時（約一時間）ほど居たろうか、彼は、人疲れを覚えた。気晴らしに、右に下らず左を上った。

毘沙門天を通り過ぎると、しばらくして神楽坂上に立った。内藤新宿方面へ敷き詰めたように瓦屋根が広がり、その向こうに茫々と畑野が霞んでいる。しばし、裾下を吹き過ぎる薫風に陶然となる。

にわかに、八犬伝の面々が、眼中に騒然と乱舞しはじめた。当時、江戸人は黄表紙に飽きて、雅俗を折衷した血沸き肉躍る馬琴の伝奇小説が、時代の波に乗っていた。下りはのめるような急勾配で、フツフツと煮えたぎる想念を半歩、半歩踏みしめた。爪先立ちに上ってきた女と、袖を摺った。フクだ――両手に酒壷を抱えて、気が急くらしく脇目も振らない。あの代金で、亭主の酒を買いに行ったのだろう。源八は、よっぽどの酒好きらしい。まあ、職人に酔いどれは付き物か。

神楽坂下から、娘夫婦の住む中坂下を通り過ぎた。清右衛門は、齢四〇に届く元呉服屋の手代で、その実直さゆえに入婿となった。三年前に下駄の伊勢屋を婿夫婦に譲って、馬琴は、百とクワを連れて、神田明神下の同朋町に転居した。脳裡の狂騒が止まぬので、中坂下には立ち寄らない。

玄関をあけると、クワの声涙が部屋中に飛び散っていた。下女がたった今、止めたと言う。母親の癇癪（かんしゃく）に、暇乞いというより悪態をついて出ていった。奥の襖越しに、不貞腐れた百の罵詈雑言が途切れない。当時は病気扱いされなかったが、彼女は、気分が険しく上下する躁鬱病であった。両手でクワを宥めながら、馬琴は、早々に二階へ逃げた。彼は、暖簾(のれん)に腕押しだ。彼女は、三日も持たなかった、と悔し泣きする。年が明けて幾人目になるか、止めた下女の顔は一向に浮かばない。

戯作では食えず、二七歳の時、師事した山東京伝の勧めで、馬琴は、伊勢屋に養子縁組みした。いやしくも、武家の出であった彼が、下駄屋の主(あるじ)になったのは、著述に没頭するために他ならない。七歳年上の妻は、愛敬もなく見目もなく、口喧しい癇癖な女であった。

それでも、一男三女を儲けたが、一男の鎮五郎は、生来の病弱であった。なんとか医者にして宗伯と改め、親掛かりで同朋町に開業させた。医者が病人では患者は来ず、開店休業の有様だった。その宗伯は、二階の奥の三畳間に病身を臥せていた。潔癖症で、己れの部屋だけはピカピカだ。いつ覗いても、仰向いて天井の節穴を数えている。この八年後、彼は三八歳で逆縁し、馬琴が供養することになる。

馬琴の書斎は、二階の大部分を占めるが、書物に溢れて足の踏み場もない。和本は嵩張る。横積みに重ねていくうち、窓の障子を埋めて陽が射し込まなくなる。だから、部屋は昼間でも薄暗く、湿気っている。地震がくると崩れる、と百は、断じて二階には上がらない。寒くなると、火鉢の場席がない。稿本を取りにくる版元たちは、廊下に胡座を掻いて冷えた手を炙る。

窓際の古机に辿り着くと、馬琴は、硯石にたっぷりと墨を磨る。筆の穂先から伝う墨汁が、八犬伝の雄姿を手漉き和紙に躍動させる。そこには、独創あふれる馬琴の世界が描出される。

急坂を喘ぎながら上る。背に初夏の陽が暑い。袖を摺って、女が急ぎ足で追い越していく。藍染めの木綿だ。両手に抱えた酒壷が映えた。五ツ半（午前九時半）に、亭主の酒を買いに行く……声を掛けるのも気が引けて、馬琴の歩幅が弛んだ。

嫌な予感が消えぬまま、ガラリと開けると、部屋を揺るがす高鼾だった。酔い潰れての爆睡である。ほつれ髪を掻きあげながら、フクは、申し訳なさに項垂れている。明け方まで一心不乱だったが、仕上がりが気に入らず、無性に酒を食らって泥酔した。確かに、作業机の辺りには、黄楊の削り屑が花弁のように散乱していた。「夏草や兵どもが夢の跡」。ポカンと、唐突に松尾芭蕉の名句が浮かんだ。机上、作製中の入歯には手拭が掛けてある。

声を潜めながら、フクは、真剣に言い開きをする。源八は、曲亭様の入歯は半端にはできない、と繰り返していたと。そんなお体裁を言う奴ではない。彼女の嘘を見抜くなど、造作もない。よっぽど亭主の癇癪が恐いのか、よっぽど亭主に惚れているのか。彼女の懸想だろうと、馬琴は、愚問愚答していた。とことん女に惚れられたことなどない——彼は、源八を妬んでいる己れに愕然とした。この滝沢馬琴が、入歯師風情をやっかむとは！

業を煮やして、馬琴は、傲然と畳に腕組みをした。約束は約束だ、と意地になっていた。わしだって忙しい身、稿本の締切に追われているのだ。仕事師がこの体たらくかと一喝し、一言詫びさせねば腹の虫が納まらない。フクは、部屋と台所をウロウロ行きつ戻りつしている。彼がいつ醒めるか当てはないし、起き抜けは極まって不機嫌なのだ。

小半刻も待つうち、馬琴は、意地を張っている己れに白けてきた。みず、水！　と、枕屏風の向こうに源八の掠れ声がした。ハイ、ハイ。いそいそと、フクが、酔い醒めの水を運ぶ。馬琴の芯に、妬み心が蠢いた。なに？　曲亭が来ていると、疎ましげな源八の声。約束の日と教える彼女を遮って、約束は明日だと強弁する。でき上がるのは明日だ。ハイ、ハイと、彼女は、決して逆らわない。彼らの戯れ合いに呆れて、馬琴は、飛び立つように座を蹴った。屏風越しに、源八の慇懃無礼な一声が追ってきた。

「曲亭、あすは一日がかりだなあ」

フクが、小走りで追ってくる。馬琴の機嫌を取り結ぼうと懸命だ。貸本屋から『椿説弓張月』一巻を借りてきて、源八は、仕事の合間合間に読んでいる。それは本当だろうなと、馬琴は、素直に受け止めた。案外、繊細な男だ。二巻目も読みたい、と言っている。それはウソだな、馬琴は、笑い目でフクを睨んだ。

帰りがけ、中坂下の伊勢屋に立ち寄った。路地奥の仕舞屋(しもたや)風の二階家である。細々とした商売だが、婿夫婦の身の丈には合う。どうにもクサクサして、昼餉を馳走になった。歯無しの不具を心得ていて、サキは、木綿豆腐を出した。胡麻を混ぜた湯漬けを、一口ずつ啜り込んだ。

　腹が癒えると、清右衛門に無駄足の一部始終を口説いた。彼は憤慨して、にわかに饒舌になった。フクは、酔っ払った源八に殴打されて、片耳を聾し音を失った。それはひでえなあ――憤然と、馬琴は、彼女を傷つけた源八に怒気した。それでも別れないのかと、清右衛門に食って掛かっていた。所帯を持って、一〇年余りになるらしい。大仰に馬琴ににじり寄ると、彼は、フクは丙午生まれ、と囁いた。

「ひのえうま……」

　馬琴は、肺腑を衝かれた。干支が丙午に当たる年で、古来、火性が重なることから厄難の年とされた。この年に生まれた女は、気性が烈しく男を食い殺すと忌み嫌われた。女の嬰児は間引されて闇に葬られるので、この年の女の数は決まって少なかった。丙午と聞いては、馬琴でさえ後退りする。源八は酔うと、丙午の女を貰ってやったんだと喚くので、井戸端を賑わした。

　すると四一歳……二重の驚きだった。丙午であれば、彼女は、四一年前の天明六年生まれになる。とても、四十路には見えない器量であった。

退屈しのぎに、清右衛門は、他人の下世話に駄弁を弄した。不憫な女だと、馬琴は、憐れむ。源八は、生まれついて不運な彼女が、齢三〇の大年増になって掴んだ千載一遇の男だ。殴られても、蹴られても、殺されても、離すまい。それにつけても、丙午の年嵩の女を娶った源八は、男気がある。妙なところで、馬琴は、彼の甲斐性を見直していた。

源八夫婦の妄想を振り切って、馬琴は、足早に明神下に戻った。昼餉は中坂下で取ったと、クワは、黙っている。陽はまだ高いが、鬱々と、冬眠する熊のように本の谷間に眠り込んだ。

夕餉を知らせる階下の声に覚めた。宗伯が来ないので、クワは、カリカリしていた。父、母、兄の三人、勝気な彼女が面倒をみている。下女がいない分、負担が重い。心ならずも、婚期を逸して、中年増の〝行かず後家〟になってしまった。芯は強いが、時折ヒステリーを起こす。

頭痛がすると、百は、食膳に出ない。宗伯が、幽霊のように下りてきた。蒼白くむくんだ顔、けだるそうな五体。竹製の水筒を手放さない。口が渇いて口臭が強い。クワは、父と兄には白粥を賄う。それに砂糖をかけて啜るのが、宗伯である。面妖なことに、納豆にも砂糖をまぶす。病いや養生の知識がないから、身体に毒と誰も止めない。彼は、古く、多飲多尿を呈し死病とされた糖尿病であった。糖を多分に含んだ小便をするので、厠の汲取り口には蟻がたかる。

夜は暗いので、ふつう五ツ（午後八時）には寝る。本の穴蔵の中、馬琴は、行燈の薄明かりに読本を寄せて、明け方まで読み耽る。あおそこひ（緑内障）だろう、七年後に右眼が欠け、八犬伝が完結する一四年後には失明する。書く、読む、その途切れに日記をしためて、終日を過ごす。散歩や遊山の習慣はないので、入歯療治でもなければ滅多に外出しない。

板戸が半開きになっている。今日こそ紅合わせだと、馬琴は、勢い込んだ。枕屛風の向こうに、クスクスとフクの含み笑いがする。源八の腰を揉んでいるらしい。羨むほどに、情の濃やかな女だ。彼が冗談口を叩いて、フクをからかう。仲睦まやかな夫婦だ。業腹だが、入るのに二の足を踏む。腰痛病みのときでも、百は知らんぷりだった――馬琴の僻み根性が、また首をもたげる。

曲亭さん、と源八は、上機嫌で出てきた。酒は抜けているらしく、動作がキビキビしている。それでも、仕事前の一服は、職人の縁起担ぎなのか。作業机の手拭を外すと、嬉々として荒彫りした入歯を取り上げた。仕上がりに御満悦らしい。あらまし、顎の土手に嵌まる床の形体になっている。思わず、馬琴は、両肩をピクンと反らした。入歯の有りがたさは、身に染みている。

「あーン」

まず、源八は、二本指で唇を捲ると、荒彫り入歯を押し当てて、上顎の床の嵌まり具合を試みた。積木を当てたような、粗忽で不届きな感触だった。こんなにガタついていて大丈夫か？　一通り顎の当たりを点検すると、源八は、いとおしげに入歯を撫でて悦に入る。

紅合わせにはベンガラの顔料を使うが、彼は、紅花を採った小町紅を好む。丸い白陶の手塩皿に容れた濃い紅である。

綿切れで、上顎の土手を濡らす唾を拭き取る。それから、人差指に掬った紅を、満遍なく土手の粘膜に塗りつける。そこへ上顎の荒彫り入歯を緩やかに押し当てる。外すと入歯の内側には、あちこちに大小の紅が付着していた。黄楊が凸張っている部分だ。

前垂れを結んで、源八は、作業机に正座した。おもむろに、彫刻刀で紅く染まった部分を削りはじめる。削り過ぎては取り返しがつかないので、慎重に丁寧に削除する。紅の大きさに応じて、削り具合を細かく調整する。その微妙な厚みは、職人の勘だ。

入歯師の手作業の間は、患者は暇を持て余す。退屈紛れに、馬琴は、畳に投げてある煙草入れを手にした。しげしげと、根付の鼠を眺めた。鼠は、口元に小さな両手を擦り合わせている。その秀逸なポーズに、彼は感嘆しきりだ。思いがけず、源八が、彫刻刀を握ったまま微苦笑した。

「根付は、生きてないからなあ」

なるほど、入歯は生きているのか。面白い見方をする男だ。だから、根付師から入歯師に転職したのか。

一通り紅の個所を削り落とすと、ふたたび顎を拭い、紅を塗り、入歯を当てる。今度は、おおよそ土手に嵌り、異物感が少ない。暫時、取り外すと、紅の数がだいぶ減っている。再度、紅を丹念に削る。作業は、この繰り返しである。

さすがに、馬琴は、半端でない源八の根気に舌を巻いた。その集中力と粘りは、以前の入歯師とは格段に異なる。堅い木材を、柔らかな生体に合致させようというのだ。実に、神業に近い妙技である。作業に没頭して休みなく、源八は、患者の疲れなど頓着しない。

一方、再三再四の紅合わせに、馬琴は、顎が草臥(くたび)れ飽き飽きしている。ここで、滝沢馬琴が弱音を吐いては沽券に係わる。我慢を強いられる分、つまらぬ意地を張る。

「疲れたかい?」

ニヤニヤしながら、源八は、手を休めていた。首筋の汗を拭いながら、馬琴は、見栄を捨てて安堵した。そこへ、フクが、温かい蕎麦碗をのせて据え膳をだした。もう昼餉の時刻だった。白胡麻を散らして、ぶつ切りの葱(ねぎ)を添えた生蕎麦である。アガアガと喉を鳴らして、馬琴は、箸を振わせた。程よい固さの蕎麦が、上下の土手に噛まれ崩されて、汁に巻かれて喉の奥へ熱々に呑み込まれていった。

「旨い！」

思わず、馬琴は、随喜した。口元を舐め舐め、一口、二口と吸い上げるように啜った。空き腹だったとはいえ、久方ぶりに素朴な味わいを食した。旨いだろうと、源八は、鼻息が荒い。蕎麦を啜り啜り、彼は、しきりに台所に眼を飛ばす。オドオドしながら、フクが、茶碗酒一杯を差し出した。遅いぞと顰め面する源八。茶碗を引ったくると、一気に呷った。呑んべえは、食うより一合の酒なのだ。

汁一滴残さず、馬琴は、美味の余韻に浸っていた。その間に、残した蕎麦碗を遠ざけて、源八は、二杯目を飲み干していた。仕事前に控えた分、飢えていたので、酒量はウワバミだった。寸時にして、気違い水は彼の性根を豹変させた。壁を向いたまま、源八は、檻の狒狒のように茶碗酒を食らっている。もう目が座っていて、相当に酒癖が悪い。とてもフクには止められない、馬琴も口出しできない。まだ、下顎の紅合わせは済んでいない。

「曲亭、あさってだな」

その濁声に、馬琴は、早々に畳を蹴った。くどくど申し訳ないと、フクは、精々、通りまで見送った。男盛りの源八は、己れが彼女のひたむきな情火に支えられて生きているのに気付かない。夫婦の機微には触れないから、馬琴は、いたずらにフクを慰めようとはしない。源八との生活は苦ではなく、苦楽を悟って彼女には楽天なのだろう。

帰り途、牛込橋の袂に立った。牛込堀の土手下に、数人の子供たちの歓声がする。捲りあげた裾下にチンコを揺らし、水面に手製の短い釣竿を垂らしている。互いに隣の竿下を叩いて、邪魔をする。白い飛沫が濃い水面に燦々と輝いている。源八夫婦を忘れて、馬琴は、しばし子供たちの興奮に見蕩れていた。

翌日の昼過ぎ、ようよう筆が滑り出した時だった。北斎翁が見えたと、クワが呼ぶ。北斎が何用かと、折角の筆を投げ出した。彼ら両人は、同時代に生きた。北斎は七歳年長だが、共に長生し、馬琴は嘉永元年に八一歳で、北斎は翌年に八九歳で逝った。

葛飾北斎は、稀代の浮世絵師として一世を風靡した。馬琴の『新編水滸画伝』や『椿説弓張月』の挿絵を画いて、名コンビと囃された。実は、双方とも我が強く意固地で、絵柄を巡って衝突が絶えなかった。徹底して、馬琴は、北斎を嫌っていた。とにかく、反りが合わないのだ。

億劫だが、居留守を使う訳にもいかない。お体裁屋の百が、愛想好くお喋りをしている。北斎は、今年に入って『富嶽三十六景』を刊行した。絵心もない百が、彼の最高傑作となる三十六景を誉めちぎっている。馬琴は黙って、北斎と離れて脇に坐った。互いに目を合わさない、言葉を交わさない。気を利かしたつもりで、百は、奥へ引っ込んだ。茶を啜りながら、馬琴は、富嶽三十六景の自慢に来たかと、啖呵のひとつも切ってやりたい。けれども、北斎が口を切らない限り、彼のほうには話柄はない。

六八歳の北斎は、小柄で貧相な男である。身なりを構わないので、余計に萎びて見える。彼は、生涯に画名を二〇回改め、九三回転居し、奇人と風評された。だから馬琴は今、彼がどこに住んでいるか知らない。近くに引越したので、フラリと立ち寄ったのか。無尽の浪費癖があるが、金の無心に来る訳はない。とにかく、独楽鼠（こま）のような男だと、彼は、北斎を軽んじていた。黙止したまま、馬琴は、腕組みをした片手で大耳を撫でる。彼の不機嫌なときのポーズである。モジモジと、北斎は、五体を揺すって落ち着きがない。

そのまま一刻ほど経ったろうか、北斎は、孤蝶のように立って、飄々と玄関を出ていった。別に、馬琴の無礼を怒っている風もない。滑稽にも結局、二人の間には一言の会話もなかった。馬琴は、肩を落として安堵した。奴は一体、何しに来たんだ？

翌日、源八は、悪びれるでもなく、詫びるでもない。下顎の紅合わせが始まった。今日は、鼻唄混じりに機嫌がよい。手は休めずに、患者と作業机の間を往復する。気を抜かず、馬琴は、大人しく指図に従う。気分屋だから、いつ雲行きが変わるか分からない。下顎は、昼前に終わった。

このあと、源八は、半身を乗り出した。上顎の入歯を嵌め、それから、おもむろに仕上がったばかりの下顎を嵌めた。上下とも顎の粘膜に吸着して、ピッタリと土手に適合している。当たりもなく異和感もなく、具合がよい。カチカチと、彼は、歯を獅子舞のように噛み合わせてみせた。白い丈夫そうな歯並びだ。まだ一本も抜けていないらしい。自慢の歯か！と、馬琴は、胸の内で歯嚙みした。まだ歯が植わっていないので、試適しても、上下はカチカチとは嚙み合わない。その隙間に小指を差し入れて、源八は、しきりに上下の開き具合を診ている。

馬琴は、俎板の上の鯉だ。両手で彼の口元を四角に開け、源八は、下顎を左右に動かせと指図する。堅めの毛筆に紅を付けると、彼は、入歯の正中に、一筆、上下を揃えて縦に朱線を引いた。ここが、歯を植える基点となるのだ。乾坤一擲（けんこんいってき）と、馬琴も、職人技にのめり込んでいた。歯の無い上下の床を見計らって、上下の歯の位置決めをする。まさに、職人の腕である。

入歯を外しながら、源八は、ひとり微笑（えみ）を洩らしている。あとは、入歯の前面に歯が植わるのを待つばかりだ。内心、馬琴は、八割方は済んだと安んじた。

「曲亭は、地黒だからなあ」

からかい半分に、源八は、相変わらず口幅ったい。己れの顔色と較べてか、たしかに馬琴のほうが色黒である。職人の分際で色白自慢か、と胸糞が悪い。蓙の上に歯材の蝋石が、五個ほど並べてあった。いずれも、四角い印材用の桜石という最上の材である。緻密で光沢と触感が、天然歯に近い。彼は、人工の歯の色合わせをするのだ。白、淡褐色、淡緑色の見本を、代わる代わる口元に当てた。

歯は白いのが良いに決まっていると、自慢の鼻をへし折ってやりたい……。これだなと頷くと、源八は、馬琴には見せずに、小意地悪く引出しに仕舞った。どの色を選んだんだ？明眸皓歯と言うだろうと、馬琴は、顔貌の回復に執着を覚えはじめていた。

版元との約束があったので、入歯を装着する日は三日後とした。できるなら、約束を反古にしてでも、明後日に駆けつけたかった。

あとは、歯の配列である。入歯の前面の正中の一線から、左右に五本ずつ、前歯二本、犬歯、臼歯二本を嵌め込む窪みを穿つ。おのおのの歯に合わせた大きさに刻む。このような工程は、馬琴にも、多少の知識はある。歯の窪みができると、一〇本余りのヤスリを取っ換え引っ換えして、蝋石を歯の形に削っていく。ヤスリを、六本目の指のように巧みに操る。蝋石は固いので、ヤスリの刃がゴリゴリと虫酸が走る響きを撒き散らす。細かい力仕事である。

歯の概形ができると、窪みに嵌め込んで具合を診る。ひとつひとつ、それを繰り返して、上下左右二十本が入歯の前面に揃って収まる。机上は、誰も立ち入れない職人の小世界だ。物を書くより、造るほうが難儀かもしれない。情に絆されて、馬琴は、源八の労を慰めてやりたくなった。

有りがたいことに、フクが、今日も蕎麦を切った。柚子の実が刻んである。彼女は、甲斐甲斐しく源八に箸を渡す。料理上手の女房を持って、幸せ者だ。丙午だろうと男冥利に尽きると、馬琴は、妬ましい。

「きのう、北斎が遊びに来たよ」

枕屏風の絵が、思い出させたのだ。馬琴の声は、自慢たらしく聞こえたらしい。蕎麦を啜っていた源八の箸が、ピクリと止まった。思わず、馬琴は、マズイと焦った。源八の切れ長の目が、三白眼になった。その目は、葛飾北斎と知り合いなのか？　と聞いている。彼は、北斎が弓張月の挿絵を画いたのを知らないのだ。本当に一巻を読んだのか、疑わしい。

北斎は偉い男だと、源八は、柄になく褒めちぎる。その口吻に、馬琴は、鼻白んだ。奥の行李から和本を取り出すと、源八は、手垢に汚れた頁をバラバラと捲ってみせた。全ページ、夥しい禽獣虫魚や花鳥草木がスケッチしてある。北斎が、十数年前に上梓した絵手本『北斎漫画初編』である。軽妄洒脱な戯画が、根付のヒントになったのだろう。

源八は、北斎は粗衣粗食に甘んじひたすら精進する画狂人、と賞賛して止まない。彼は、北斎の画集と生き様に惚れ込んでいる。一言もなく追い返したとも言えず、馬琴は、藪蛇だったと悔やんでいた。斯様に北斎に肩入れされては、端なくも、馬琴の面目は丸潰れだ。

ムシャクシャして、馬琴は内心、どうにも腹の虫が収まらない。気分晴らしに、久しぶりに清右衛門と将棋を指す。彼の対局は、舅の顔色次第である。詰め将棋になる頃、サキが、香ばしい蒲焼を出した。九段坂にある老舗のうなぎ屋で、長年通った懐かしい味である。串を抜いて、身をほぐして、歯のない口中にホクホクと食した。鰻は、実に食べ易い。

寒くなると、うなぎ屋の向かいにある志やも屋に出掛けた。まだ歯はあったので、鍋に煮た歯応えのある軍鶏(しゃも)の肉を頬張った。今では噛めないが、忘れがたい味だ。最近、伝法肌の女将が亡くなったと聞く。

朝から、どうにも落ち着かなかった。今日は、待ちに待った入歯を装着する日だ。源八は、日にちが掛かった。近くに投宿させて、数日で仕上げる入歯師もいると耳にする。神楽坂は長すぎるねと、クワが、ブツブツ不平を鳴らした。源八は、酒が災いして長引いたのだ――それも、もう許せる。彼の入歯なら極上、天然の歯と変わりないだろう。とはいえ、軽いステップを踏みながらも、馬琴は、一抹の不安を捨て切れない。

やはり、嫌な予感が的中した。板看板の前に、フクが、身も世もない風体で立ち尽くしていた。髪は崩れ、胸元や裾は乱れ、素足のままである。左手に空の酒壷を垂らし、右手には草履を握り締めている。亭主の暴力から逃げたのだろう、白い裸足が痛々しい。散々、喚き散らしていたらしく、喉を嗄らした怒声が、薄い板戸を震わせている。

取り付く島もなく、馬琴が、フクの袖に触れると驚怖して竦み上がった。慌てて、曲亭だよ曲亭だよと、彼女を宥めた。一瞬、フクの瞳に、振り子のように生気が振れた。馬琴との約束の日は、この暴飲で度忘れしていたらしい。

昨夜から酒浸りで、源八は、もう一升余り呑んでいる。酒が無くなったから、買ってこいと叫ぶ。泥酔して、部屋の中を這いずり回る。時々、呂律の回らない声が、歯抜け爺い、曲亭の疫病神、と悪態を突く。亭主の酔態に耐え切れず、フクは、草履の鼻緒をキリキリと噛んだ。

彼女は一銭もないのだと、馬琴は、逸早く察した。あの一両は、溜った酒代を清算したあと、日々の飲み代に湯水のように消えたのだろう。酒は高価で、一升が安くて銀八匁ほどした。大工・左官の一日の稼ぎは、銀四匁二分（金一朱強）なので、江戸のひとびとには、一杯酒や立呑み酒さえも贅沢であった。源八は一晩で、裏長屋の一カ月の店賃に当たる酒を牛飲していた。

当時、アルコール中毒の知識はなかったが、酒呑みは酒を断つのが唯一の策、と知っていた。だが、止めれば暴れる、与えれば又暴れるで、痛し痒しだった。フクに草履を履かせると、馬琴は、その掌に一分金を二粒握らせた。彼女が、後払い分の金と察するには、寸時を要した。そのあと、酒壷を小脇に抱えて、フクは、一目散に駈け出していた。

その後姿に、馬琴は、哀傷の情に囚われた。丙午の女、酒狂の男、彼らの底無しの交情。源八、お前は長生きできないぞ――彼は、ひとり呟いていた。源八が死ねば、フクは生きていないだろう。馬琴の目には、後追い心中する彼女の哀切が、走馬燈のように映った。遠からず、冥々、そういう時が来るだろうと、彼は、暗い予感に背筋が冷えた。

滅入って、馬琴は、重い足取りで坂を下った。坂下から重たい酒壷を抱いて、ハアハアと上ってくるフク。この急坂でフクと遭うのは、三度目だ。我に返ったのか、彼女は、路上に紅涙を絞った。人目を跳ね除けながら、馬琴は、フクを宥めて涙を拭わせた。彼女を怒っても詮方ない。中坂下の清右衛門に、次の日時を知らせるよう伝えた。まだ舞錐が済んでいないと、フクは、重ねて詫びた。

今日は、源八の酒乱を目の当たりにした。肝心の用向きは、無駄足だった。まだ歯無しねえと、クワが、からかった。彼女も、約束を違える入歯師に腹を立て、妙に大人しい父親が歯痒いのだ。むかっ腹も立たず、馬琴は、無性に侘しく寂しかった。積み重なった本を退ける気力もなく、その上に、そのまま坐り込んだ。

フクのいう舞錐とは、腕木を手動で回転させて穴を穿つ回し錐のことである。床に嵌め込む蝋石の歯が仕上がると、終わりの作業になる。この舞錐で、歯の両側に細い穴を貫く。そこに三味線糸を通して、配列した十本の歯を連結したまま窪み内にキッチリと固定する。

三味線糸の両端は、両側の奥の床に打った竹の目釘に結ぶ。あと一息と、馬琴は、待ち遠しい。それもこれも、源八の気分次第、酒量次第だ。

清右衛門からの伝言は、早かった。さすがに、源八も、非礼を悔やんだのだろう。翌々日の昼下がり、源八は、神妙に馬琴を迎えた。フクは、台所で喜色満面だ。

机上の手拭を引っ張ると、上下顎の木床入歯が並んでいた。思わず、馬琴は、嘆声を上げた。一瞬、巧緻な骨董のように見えたのだ。彼が目を剥いたのは、床の嚙み咬み嚼む面だった。その平らな面に厳（いかめ）しい丸鋲が、双方、二列に一五本ほど整然と打ち込まれていた。黄楊の床では摩耗するが、ケンピンと呼ぶ鋲は銅製で、強固に耐久する。曲線を描いた赤銅色のラインが、優美なのだ。この頑強で佳麗な入歯で嚙むのか——馬琴は、心底、驚喜していた。

こけ威しもなく、源八は、上顎の入歯を嵌めて装着の具合を確めた。微かに木目の香りが漂い、馬琴は、蝋石の滑らかな舌触りに痺れた。下顎の入歯の嵌まり具合を診てから、源八は、お得意のカチカチを促した。言われるままに、馬琴は、幾度も上下顎を嚙み合わせた。裏表に紅を塗った細長い和紙を嚙ませる。歯も床の鋲も、紅の付き具合に不揃いはない。源八の声を追いながら、不覚にも彼の顔がぼやけていく。馬琴は、己れの目が潤んでいるのを知った。

今、口中にセットした入歯は、ピッタリ顎に適合し、入歯を嵌めている感覚がない。口を開けても、落ちない、外れない。喋っても、声は洩れず音は抜けず、往年の明瞭な錆声が甦った。歯抜け歯無しのトラウマ、その不便と不都合と醜怪。その惨めさ情けなさに、馬琴は、内実、どれほど傷つけられたか。どれだけ自信を喪失し、己れを卑下したことか。天井を仰ぐと、源八は、唐突に口笛を鳴らした。馬琴にも、吹けと合図する。恐る恐る、彼は、唇を窄めて口中を震わせた。数十年ぶりに吹き鳴らした、懐かしい口笛だった。感極まって、馬琴の目尻に涙が滲んだ。

源八は、馬琴に丸い黄銅の手鏡を手渡した。己れの老境が、鏡面に歪んだ。ニッと、源八は、作り笑いをした。馬琴も真似ると、己れの肌色に合った自然な歯並びが映った。以前の真白な平坦な入歯は、獅子頭の歯であった。鏡の中の歯は、おのおの個性に応じて、微妙な曲面を呈して列んでいる。蝋色は肌に馴染んで、齢を映して馬琴の見栄えに調和していた。なによりも、深い皺を刻んで窄んだ口元は、無惨だった。新しい入歯は、その老醜を瞬時に追放していた。

額を反らしながら、馬琴は、一心に手鏡を覗き込んで離さない。彼は、鏡の中の己れに見惚れていた。フクと顔を見合わせて、源八は、照れ臭そうに笑った。未練たらしく手鏡を置くと、馬琴は、チリ紙で勢いよく鼻をかんだ。そのあと、源八は、彼に幾つかの注意を与えた。一、寝る時は外して水皿に浸けておくこと、一、三味線が緩んだら緩ミ止メに来ること等々。

　馬琴はつくづく、神楽坂に通い詰めた甲斐があった、と自得した。源八は木床入歯の名人、と絶賛したかった。しかし、それを言葉にすると、一瞬にして色褪せてしまう。その白々しさは、耐えがたい。畳の縁に両手を付くと、馬琴は、深々と額を下げた。顔を上げると、源八が、衒(てら)いなく言った。

「曲亭、あんたの耳は、お釈迦さんの耳だなあ」

　源八にして、精一杯の世辞であった。古来、耳たぶの大きい耳は福相と賞された。その福耳を撫でながら、馬琴は、口べたな源八の最大限の褒め言葉と受け取った。無言のまま、彼は、席を立った。

　これで、馬琴と源八の半月にわたる攻防は終わった。引き分けと言いたい所だが、最後の源八の一言に、馬琴はうっちゃりを食らった。

　フクの清艶な笑顔に送られて、馬琴は、躍るように坂を下っていく。思い切り、万歳を唱えたい衝動に駆られていた。望外の入歯を得て、未だ夢心地の気分だ。この喜びは、歯を失った者にしか分からない。砂走りを下るように大股にのめり、彼は、勢い余って牛込橋を踏んでいた。土手下の、子供たちの歓声を聞き流した。中坂下には寄らず、息切れし息継ぎして帰路を急いだ。一刻も早く、クワに自慢したかったのだ。これが、わしの眼鏡に適った源八の入歯だ、と。

「もう粥はいらないぞ」

夕餉では、馬琴ひとりはしゃいでいた。心得ていて、クワは、山盛りの白飯を出した。もうトロトロの病人食を啜らなくてよい。一口、二口と頬張ると、勢い込んで噛み、噛み締めた。米粒が舌に巻かれて、上下顎の間に噛み砕かれ、口中に豊潤な味が滲みでる。何杯でも食えるぞと、彼は、箸を振り回して奇声を上げた。

父親の錆声が戻ってきたと、クワは、涙ぐんでいた。以前の悠揚迫らぬ貫禄が蘇って、往年の天下の馬琴が、ここに居た。二膳目を装いながら、彼女は、神楽坂は名人だね、と目を瞬いた。それに答えず、馬琴は、前歯で沢庵をバリバリ齧ってみせた。クワ、するめ烏賊(いか)でも食えるぞ！　金平糖もカリカリだ。

砂糖入り粥を啜りながら、宗伯は、父親の入歯には無関心だ。百も、亭主の入歯を一見しようともしない。二人とも、己れの病いで精一杯なのだ。

それから、一〇日後であった。

天井に油蝉の鳴き声が喧しい。盛夏である。昼餉のあと、厠からでた馬琴は立ち暗み、そのまま廊下に崩れ伏した。クワと宗伯が、肥体を一階の離れに引き摺った。顔中が火照って高熱を発し、間断なく襲う寒気に入歯がガチガチ鳴った。宗伯は、オロオロするばかりで役に立たない。暑気中(あた)りだよ、と百は、冷淡に取り合わない。しかし、クワは、父親の初めての大患と青ざめていた。

五体が、蕩けるようにけだるい。氷を欠き割って、クワは、冷たい手拭を額に当てた。震える指で、馬琴は、源八入歯を外して水皿に浸けさせた。松前侯のお抱え医師淳庵に往診を頼め、と清右衛門に伝える。一時ほどのち、方々走り回って捜していると、サキが、清右衛門を庇う。苛立って、クワは、彼女に八つ当たりした。夕刻ようように、玄関先に黒塗りの駕籠が横付けになった。御典医淳庵が、パタパタ大扇子を煽ぎながら、悠々と下りてきた。彼の下男が、框(かまち)に大きな薬箱を置いた。畳を蹴立てて、百が、淳庵の前に平伏した。

曲亭さん、と淳庵は、いかにも親し気に枕元に座した。クワの病状説明を余所に、黙って手首の脈を取った。胸元を開くと、赤い発疹が胸から腹へ、バラを咲かせたように広がっていた。

「こりゃ、傷寒だね」

淳庵は、ケロリと宣うた。古来、傷寒とは急性の熱病を総称するが、狭義には腸チフスを指した。当時は誰も、チフス菌が腸を冒す伝染病とは知らない。どうせ気休めなのに、彼は、煎じ薬を調合すると宣うた。別に匙を投げたのではないらしい。言わずもがな、快癒は病人の運と体力次第という訳だ。帰り際、百が擦り寄って、淳庵の袂に包み金を滑らせた。鷹揚に頷くと、彼は、待たせた駕籠に乗った。

大丈夫、大丈夫と、清右衛門が、クワを励ます。よほど走り回ったのだろう、汗塗れだ。彼は、渋る淳庵を三拝九拝して連れてきたのだ。その清右衛門は、馬琴より二桁も若いのに、一一年後に五一歳で病没する。

あの藪医者！　三両も取られた、と百は、淳庵を口汚く罵る。幸か不幸か、彼女の癇声は馬琴の耳には入らない。腹立ち紛れに、筍医者！　と宗伯に当たり散らす。筍医者とは、藪にもなれないヘボ医者という蔑称である。その百は、病弱を愚痴りながら、しぶとく七八歳まで生きて、一四年後に亡くなる。馬琴が逝く七年前である。

翌朝、版元たちが駆けつけ、額を寄せて善後策を講じた。取り急ぎ、八犬伝の連載は休止とし、通いの下女を世話すると決めた。

病魔は、仮借なく五体を蝕んでいた。馬琴は、昼夜、高熱に浮かされ、激烈な下痢と下血に襲われ、激甚な苦悶に責め苛まれた。業界には、馬琴重患から死亡説まで飛び交い、北斎から病中見舞に白砂糖が届けられた。有りがたがって、百は、神棚に献ずる。

我が身を張って、クワは、老いた父親を介抱した。その甲斐あって、猛暑を抜けて病勢が衰えたのは、半月後であった。暫くの間、倒れた時に聞いたあの油蝉の音が、耳の奥深くに執拗に鳴り響いていた。古く、ひとびとの死生観には、病いと戦う〝闘病〟という認識はない。ただただ、得体の知れない病魔に、理不尽に一方的に攻め立てられた。その圧倒的な威力の前に、為す術もなかったのである。

幸い、気紛れな病苦が消えると、命冥加であったと、ひたすら神仏に合掌した。

「……哀れな空蝉だ」

両耳が、鬱陶しい蝉の音に痺れている。天井を仰いだまま、馬琴は、悄然と呟いた。「空蝉の命を惜しみ　波に濡れ　伊良湖の島の玉藻苅り食む」。久しく、忘れていた万葉集の哀歌が浮かんだ。古来、この世の人を現身と称し、命・世・人・身の枕詞として詠んだ。のちに、空蝉と当て字し、現世を短い蝉の生滅に譬えて、人の身の儚さを哀調した。業病地獄を這い回って、彼は、まさしく一匹の空蝉に過ぎない己れを思い知った。

辛うじて命拾いはしたものの、馬琴は、それから一カ月半余も病臥した。重湯から粥に代わり、軟らかい飯になった。ようよう床上げした時には、九月（平年の十月）に入っていた。自慢の御釈迦の耳が、犬の舌のように垂れ下った。頬がこけ落ち、五体は痩せて一回りも二回りも小さくなっていた。

「入歯を出しておくれ」

病中はまったく忘れ去り、老残の身に嵌める気力もなかった源八入歯。二カ月ぶりに装着して、サキが差し入れた蒲焼を菜に、白飯を食した。九段坂の味だ。入歯で嚙み締める歯応えが再来し、病み上がりの身にフツフツと生気が甦ってきた。胸が躍るように喜悦が込み上げて、熱い涙が滂沱として頬を伝った。

病躯を横たえた離れには、明神下から秋風が吹き寄せていた。いつの間にか、五月蝿い蝿や蚊が去り、遠く近くコオロギが鳴いている。窓一面に、鱗のような鰯雲が鮮やかに広がっていた。

まだ筆を執る意欲はでず、もう寝る時刻だった。源八入歯を外しかけた時、馬琴の慣れた手先に異変が生じた。何が起こったのかと、狼狽した。上顎の前歯が窪みから外れて、歯がバラけてグラグラ揺れている！　三味線糸が緩んだ、と分かった。慌てて入歯を外すと、奥の床の目釘が折れて、結んだ糸が解けていた。歯が緊縛から放免され、一〇本の配列が脆くも崩れた。しばし呆然と、馬琴は、壊れた入歯を両手にしていた。そうだ、源八に緩ミ止メをしてもらえばよいのだ。無性に心細くて切なくて、彼は、一刻も早く修理を焦った。あした朝一番で、神楽坂に行く！

朝餉は、入歯のない舌で粥を啜った。代わりに使いに行くという、クワの気遣いを一蹴した。下顎入歯は嵌めたまま、馬琴は、上顎を丁寧に袱紗(ふくさ)に包んで懐深くに入れた。六ツ

（午前六時）、口元を押さえながら、彼は、セカセカと玄関をでた。病後、初めての外出だったので、クワが、ブツブツ零しながら付き添った。とにかく、早く源八に直して欲しい――馬琴は、その一途だった。病み上りにしては足が速く、クワは、小走りにあとを追った。飯田町辺りになると、さすがに彼の歩速も遅くなった。息が途切れる。

牛込橋を踏んだ時、向こう側の袂に人だかりが見えた。あとから数人が、バラバラと寄って行って、恐いもの見たさに土手下を見下している。丁度、子供たちが釣に興じていた所だ。事故らしい、近づくと辺りは騒然としている。気が急くものの、見過ごすには気掛かりだった。足を止めて、馬琴は、後ろから背伸びして土手下を覗き込んだ。そこには、高い清涼な芒（すすき）の茂みが、堀に向けて一斉に白い穂を垂れていた。なぜか、みずおちがモヤとし、彼は、両肘で人込みを掻き分けて橋の欄干にでた。そのあとから、クワも、なんとか欄干に取り縋った。

水面を掃くような堀風に波打つ芒の中、女がひとり、放心して能面のように立っていた。あの、フクであった。芒を踏み倒して白い裸足が、踝まで冷たい細波（さざ）に浸っている。

その足元に、作務衣がうつ伏せに倒れていた。芒を左右に割って、土手の斜面に逆さのまま、頭から肩まで水面下に沈んでいた。土手の途中で芒の茎が、太い毛深い両足に幾重にも絡まっている。暗夜、泥酔して、逆様に土手を滑り落ちて溺死したのだ。源八の傍らで、フクは、魂を失ったように虚脱していた。

欄干上から呆然と、馬琴は、源八の屍体を見下していた。片手を懐にして、源八入歯をしっかりと握り締めている。痛恨の極み、あの木床入歯の名人が横死した。通りすがりの溺死人……クワは、土手下の男女が入歯師の源八夫婦とは知らない。不意に、馬琴が、呆けたように振り返ると、彼女に真顔で問うた。

「わしの入歯、誰が直してくれるんだい？」

『胸部外科病棟の夏』　「歯科ペンクラブ」二〇〇五年九月号
『生きて還る』　書き下ろし・二〇〇五年
『一掬の影』　書き下ろし・二〇〇六年
『逃げる』　書き下ろし・二〇〇七年
『空蝉の馬琴』　書き下ろし・二〇〇七年

中原　泉（なかはら　いづみ）
1962年に同人雑誌「文学街」同人となり、純文学の魔境を放浪し、1970年に筆を絶つ。35年後の2005年に、ふたたび筆を執る。2008年、遅れてきた純文学作家としてデビュー。

生きて還る

2008年7月31日　初版第1刷発行
2011年12月31日　第2刷発行

著　者　中原　泉
発行者　伊藤寿男
発行所　株式会社テーミス
東京都千代田区一番町13-15　一番町KGビル　〒102-0082
電話　03-3222-6001　Fax　03-3222-6715
印　刷
製　本　株式会社平河工業社

　ISBN978-4-901331-14-2
定価はカバーに表示してあります。落丁本・乱丁本はお取替えいたします。